Caroline Lawrence • Vier für Rom

OMNIBUS

Foto: © Orion Children's Books

DIE AUTORIN

Die in London geborene Caroline Lawrence zog schon früh mit ihren Eltern in die USA und wuchs in Kalifornien auf. Als sie ein Stipendium für Cambridge bekam, ging sie nach England zurück und studierte dort klassische Archäologie, anschließend Hebräisch und Judaistik an der Universität London. Sie lebt mit ihrem Mann, einem Grafikdesigner, in London.

Von Caroline Lawrence ist bei OMNIBUS erschienen:

Die Diebe von Ostia (21249)
Das Rätsel des Vulkans (21250)
Die Piraten von Pompeji (21251)

Weitere spannende Abenteuer der **»Vier für Rom«** sind in Vorbereitung.

Caroline Lawrence

Vier für Rom

Die Verschwörer von Rom

Aus dem Englischen
von Dagmar Weischer

OMNIBUS

Band 21252

OMNIBUS

Der Taschenbuchverlag für Kinder
Verlagsgruppe Random House
München Berlin Frankfurt Wien Zürich

Umwelthinweis:
Alle bedruckten Materialien dieses Taschenbuches sind chlorfrei und umweltschonend.

1. Auflage
Erstmals als OMNIBUS Taschenbuch März 2004
Gesetzt nach den Regeln der Rechtschreibreform

Die Originalausgabe erschien 2002 unter dem Titel »The Roman Mysteries: The Assassins of Rome« bei Orion Children's Books, London
Übersetzung: Dagmar Weischer
Lektorat: Alexander Groß
Grundriss und Stadtplan: Richard Russell Lawrence
Umschlagbild: Peter Sutton, Fred van Deelen (Mosaik)
Umschlagkonzeption: Klaus Renner
kb · Herstellung: Peter Papenbrok
Satz: Uhl + Massopust, Aalen
Druck: Clausen & Bosse, Leck
ISBN 3-570-21252-1
Printed in Germany

www.omnibus-verlag.de

Für meinen Sohn Simon,
den Realisten

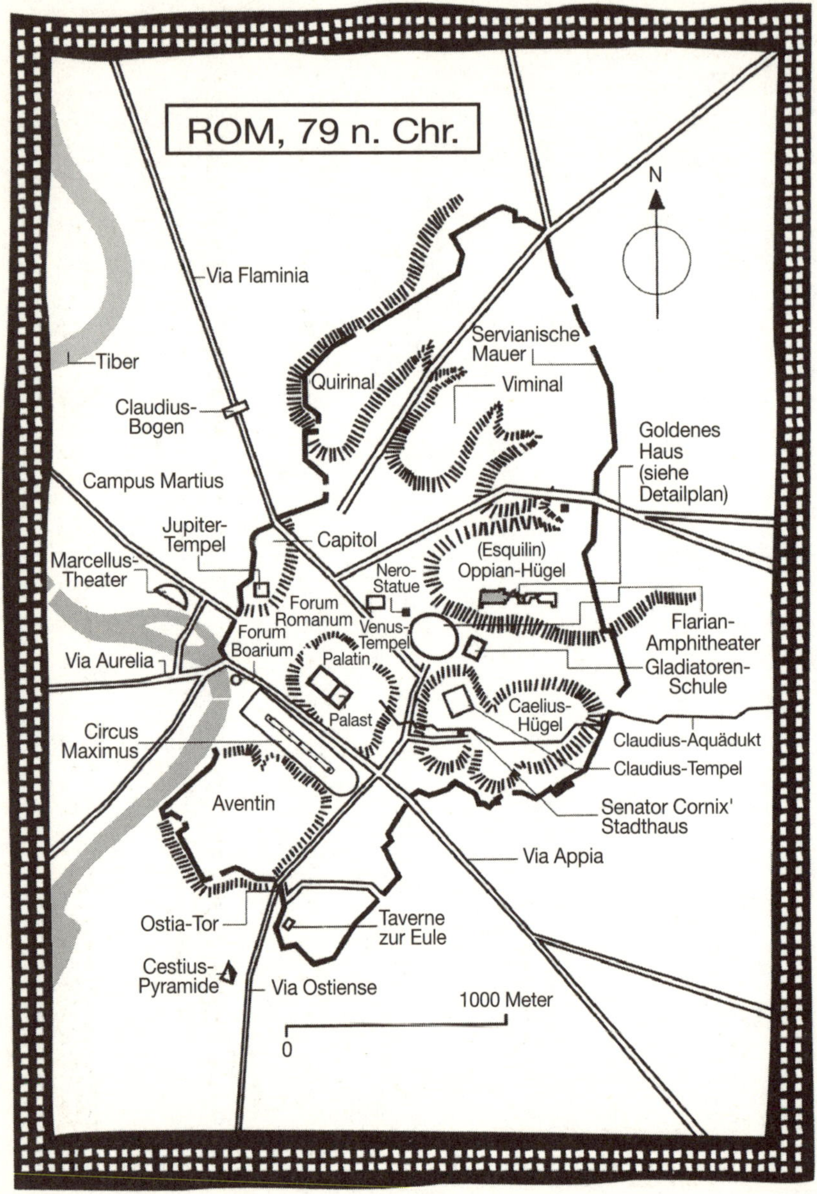
ROM, 79 n. Chr.
N
Via Flaminia
Tiber
Servianische Mauer
Quirinal
Viminal
Claudius-Bogen
Goldenes Haus (siehe Detailplan)
Campus Martius
Jupiter-Tempel
Capitol
Marcellus-Theater
(Esquilin) Oppian-Hügel
Nero-Statue
Forum Romanum
Forum Boarium
Venus-Tempel
Flarian-Amphitheater
Palatin
Via Aurelia
Gladiatoren-Schule
Palast
Caelius-Hügel
Circus Maximus
Claudius-Aquädukt
Claudius-Tempel
Aventin
Senator Cornix' Stadthaus
Via Appia
Ostia-Tor
Taverne zur Eule
Cestius-Pyramide
Via Ostiense
1000 Meter
0

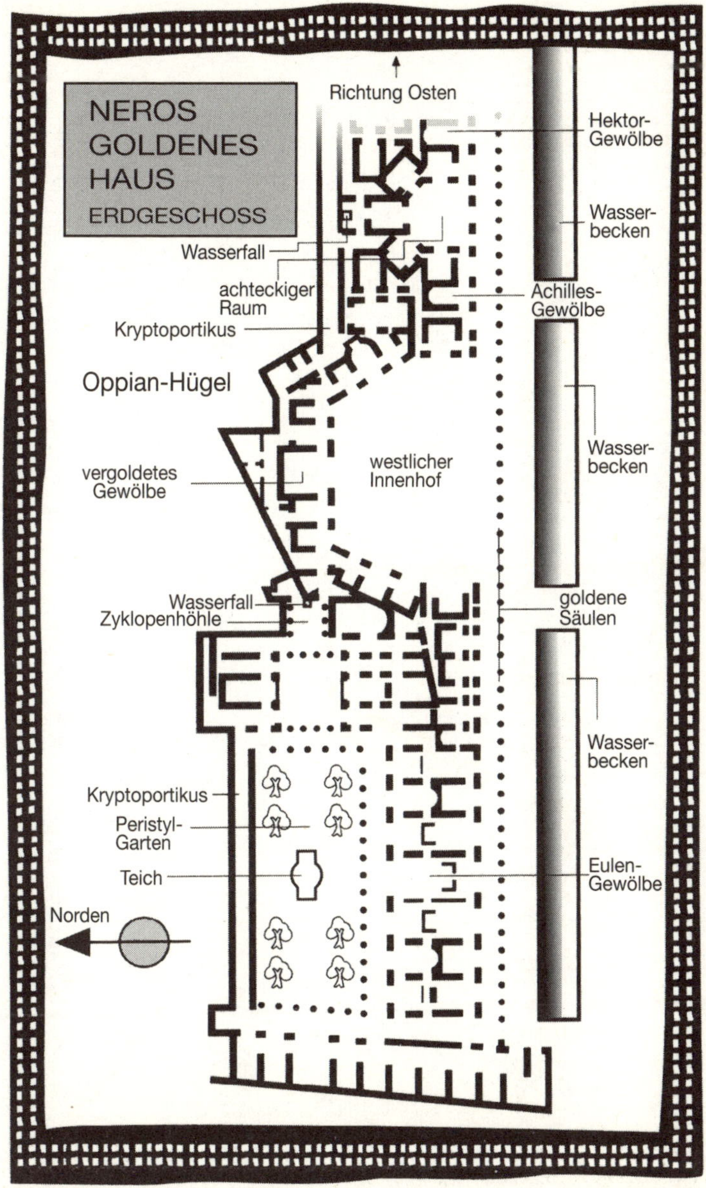
NEROS GOLDENES HAUS
ERDGESCHOSS
Richtung Osten
Hektor-Gewölbe
Wasser-becken
Wasserfall
achteckiger Raum
Achilles-Gewölbe
Kryptoportikus
Oppian-Hügel
Wasser-becken
westlicher Innenhof
vergoldetes Gewölbe
Wasserfall
Zyklopenhöhle
goldene Säulen
Wasser-becken
Kryptoportikus
Peristyl-Garten
Teich
Eulen-Gewölbe
Norden

SCHRIFTROLLE I

Es war an einem heißen Morgen im römischen Hafen Ostia, zwei Tage nach den Iden des September*.

Ein dunkeläugiger Junge saß mit seinen drei Freunden auf Kissen an einem niedrigen, achteckigen Tisch und starrte trübsinnig seine vier Geschenke an. Das kleine Triklinium, in dem sie sich befanden, war ein freundlicher Raum mit zinnoberroten Wänden und einem schwarzweißen Mosaikfußboden, mit Ausblick auf einen von Säulen umgebenen grünen Innenhof. Die Blätter des Feigenbaums raschelten in der leichten Meeresbrise und das Plätschern des Springbrunnens war zu hören.

»Wenn ich es euch doch sage«, wiederholte der Junge. »An meinem Geburtstag passiert immer irgendetwas Schlimmes.«

»Jonathan«, seufzte seine Freundin Flavia Gemina. »Du hast letzten Monat einen Vulkanausbruch überlebt, bist aus dem Koma aufgewacht und den Piraten entkommen, die uns entführt hatten. Jetzt bist du zu Hause in Sicherheit und es ist so ein schöner Tag. Was soll dir denn da schon passieren? Sei doch nicht so ein Pessimist.«

»Was ist Sessimisp?«, fragte ein dunkelhäutiges Mädchen in einer gelben Tunika und nippte an seinem Granatapfelsaft. Nubia war bis vor kurzem Flavias Sklavenmädchen gewesen. Sie war erst

* Wichtige Namen und Begriffe werden in Aristos Schriftrolle am Ende des Buches erklärt.

seit ein paar Monaten in Italien. Obwohl Nubia eine schnelle Auffassungsgabe besaß, sprach sie noch nicht fließend Lateinisch.

Flavia trank ein paar Schlucke von ihrem Granatapfelsaft, dann hielt sie den anderen ihren Tonbecher hin.

»Nubia«, sagte sie. »Was meinst du, ist der Becher halb leer oder halb voll?«

Nubia blickte in den Becher mit der rubinroten Flüssigkeit und antwortete: »Halb voll.«

»Dann bist du ein Optimist. Ein Optimist sieht die Dinge immer von der guten Seite. Was meinst du, Jonathan? Ist der Becher halb voll oder halb leer?«

Jonathan warf einen Blick in Flavias Becher. »Halb leer. Außerdem schmeckt der Granatapfelsaft nicht besonders gut. Er ist zu sauer.«

Flavia grinste Nubia an. »Siehst du? Jonathan ist ein Pessimist. Jemand, der immer mit dem Schlimmsten rechnet.«

»Ich bin kein Pessimist«, widersprach Jonathan. »Ich bin Realist.«

Flavia lachte und reichte den Becher dem Jüngsten unter ihnen, einem Jungen in einer Tunika, die genauso grün war wie seine Augen.

»Und was meinst du, Lupus?«, fragte sie. »Würdest du sagen, der Becher ist halb voll oder halb leer?«

»Er kann gar nichts sagen«, erklärte Jonathan. »Schließlich hat er keine Zunge.«

»Schsch!«, zischte Flavia. »Nun, Lupus? Halb voll oder halb leer?«

Lupus zögerte nicht lange, nahm den Becher und kippte sich den Inhalt in den Hals.

»He, was fällt dir ein!«, rief Flavia. Aber dann mussten alle lachen, als Lupus auf seine Wachstafel schrieb:

GANZ LEER

Lupus grinste, ohne aufzusehen. Er schrieb noch etwas auf seine Tafel. Die Buchstaben ritzte er mithilfe eines Messingstilus in das gelbe Bienenwachs, sodass das darunter liegende Holz zum Vorschein kam. Er zeigte Jonathan, was er geschrieben hatte:

PACK DIE GESCHENKE AUS!

»Also gut«, sagte Jonathan. »Dann mache ich deins zuerst auf.«

Er griff nach dem schmuddeligen Leinentaschentuch, das mit einer alten Schnur umwickelt war, und wog es in der Hand. »Es fühlt sich schwer an. Und knubbelig. Und...« Jonathan kippte den Inhalt auf den achteckigen Tisch. »Das sind ja Steine. Steine zum Geburtstag, na toll.«

»Das sind nicht irgendwelche Steine«, klärte Flavia ihn auf.

Lupus nickte heftig mit dem Kopf.

»Sie sind glatt und rund und perfekt für deine Schleuder«, erklärte Nubia. Sie hielt einen Stein hoch. »Siehst du? Jetzt mach mein Geschenk auf.« Sie legte Jonathan ein zusammengedrehtes Papyruspäckchen in die Hand.

Jonathan wickelte das Päckchen auf und zog einen Lederriemen hervor. »Ein Hundehalsband?«, fragte er stirnrunzelnd. »Damit du mit mir Gassi gehen kannst und ich dir nicht wegrenne?«

»Das Geschenk ist für dich und für Tigris«, erklärte Nubia. »Vielleicht eher für Tigris.«

»Danke, Nubia.« Jonathan schenkte ihr ein schiefes Lächeln und zeigte das Halsband seinem kleinen Hund Tigris, der unter dem Tisch lag und an einem Lammknochen nagte. »Und danke, Lupus. Steine und ein Hundehalsband. Heute früh habe ich einen Abakus von Miriam und einen neuen Umhang von Vater bekommen. Lauter nützliche Geschenke.« Er seufzte.

»Aber mein Geschenk gefällt dir bestimmt«, sagte Flavia und reichte Jonathan einen blauen Leinenbeutel. »Es ist überhaupt nicht nützlich.«

»Hmm. Ein Geschenk von Flavia. Was kann das wohl sein? Es hat dieselbe Größe und dieselbe Form wie eine Schriftrolle. Und – wer hätte das gedacht – es ist eine Schriftrolle! Die Liebesgedichte von Sextus Propertius?« Jonathan blickte Flavia an und hob eine Augenbraue. »Ist das nicht die Schriftrolle, die du haben wolltest?«

»Tatsächlich?« Flavia grinste ihn verlegen an. »Egal, die gefällt dir bestimmt, Jonathan. Sie enthält zum Beispiel ein wunderschönes Gedicht über ein hübsches Mädchen mit blondem Haar, genau wie Du-weißt-schon-wer.«

Jonathan machte eine säuerliche Miene, legte die Schriftrolle weg und betrachtete den blauen Beutel, in dem sie gesteckt hatte.

»Aber der Beutel hier gefällt mir«, sagte er in etwas fröhlicherem Ton. »Darin könnte ich meine schönen Schleudersteine aufbewahren.«

»Oh, den kannst du leider nicht haben«, wandte Flavia ein und rollte Jonathans neue Schriftrolle auf. »Der gehört Pater. Ich habe ihn mir als Verpackung für deine Schriftrolle ausgeliehen.«

Jonathan seufzte erneut. »Von wem ist denn das hier?« Er griff nach dem letzten Geschenk, einem Säckchen aus gelber Seide.

Flavia sah auf. »Das ist von Du-weißt-schon-wem«, sagte sie. »Von Pulchra. Und von Felix. Pulchra hatte mich gefragt, wann du Geburtstag hast, und das Geschenk haben sie mir vor unserer Abreise mitgegeben.«

»Also das ...«, sagte Jonathan. »Das ist wirklich ein nettes Geschenk.«

Er hielt ein kleines Gefäß mit schwarz glasierten Figuren auf aprikosenfarbenem Ton in der Hand.

»Pulchra hat gesagt, die Vase sei aus Korinth«, erklärte Flavia. »So eine Art Vase nennt man Alabastron. Sie ist sehr alt und sagenhaft teuer.«

»Alles in Pulchras Haus ist sagenhaft teuer«, sagte Jonathan gleichgültig. Aber er schien sich über das Geschenk zu freuen und zeigte es den anderen.

»Schau, Nubia«, sagte Flavia. »Das ist eine Szene aus dem Gedicht, das wir heute Morgen im Unterricht gelernt haben. Odysseus und drei seiner Begleiter. Sie stechen dem Zyklopen mit einem spitzen Stock das Auge aus.«

»Beim großen Neptunbart!«, rief Nubia aus. »Warum machen sie das?«

»Weil der Zyklop ein hässlicher, alter Riese ist, der sie fressen will«, erklärte Jonathan, während er das gelbe Wachs von dem Korkstöpsel entfernte.

Flavia nickte. »Aristo hat uns doch erzählt, dass Odysseus zehn Jahre für seine Rückreise aus Troja gebraucht hat. Der Zyklop Polyphem war eines der Ungeheuer, mit denen Odysseus auf seiner Heimreise zu kämpfen hatte.«

»Ich erinnere mich«, sagte Nubia. »Die Frau von Odysseus hat ihren Webteppich immer wieder aufgetrennt.«

»Stimmt«, erwiderte Flavia. »Alle dachten, Odysseus sei tot. Alle Männer wollten Königin Penelope heiraten, um selbst König zu werden. Aber sie war eine treue Gattin und gab die Hoffnung nie auf. Sie sagte, sie würde einen ihrer Verehrer heiraten, sobald sie einen Teppich fertig gewebt hätte. Aber jede Nacht trennte sie im Schein der Fackeln das, was sie tagsüber gewebt hatte, wieder auf. Sie war sich sicher, dass Odysseus zurückkehren würde.«

»Herzlichen Glückwunsch zum Geburtstag, Brüderchen!« Jonathans bildschöne Schwester Miriam trat ins Esszimmer und stellte einen Servierteller auf den niedrigen Tisch. »Ich habe dir deine Lieblingstörtchen mit Sesam und Honig gebacken. Aber du darfst nur ein paar davon essen, sonst hast du später keinen Hunger mehr.«

»Danke«, sagte Jonathan. Er steckte sich ein Törtchen in den Mund und bot auch den anderen etwas an.

»Miriam«, sagte Flavia und biss von ihrem Sesamtörtchen ab, »stimmt es, dass an Jonathans Geburtstag immer etwas Schlimmes passiert?«

Miriam machte ein nachdenkliches Gesicht. »Jetzt wo du es sagst… Siehst du die Narbe an meinem Arm?« Sie schob den Ärmel ihrer lavendelfarbenen Tunika zurück, um ihnen eine kaum sichtbare Narbe direkt über dem linken Ellbogen zu zeigen. »Da hat mich Jonathan an seinem achten Geburtstag mit einem Pfeil getroffen.«

»Das war ein Versehen«, sagte Jonathan mit vollem Mund. »Aber erinnerst du dich, wie ich letztes Jahr vom Baum gefallen bin und ohnmächtig wurde und den ganzen Nachmittag im Bett bleiben musste?«

Miriam nickte. »Und an deinem vorletzten Geburtstag bist du nach draußen gerannt, um deine neue Schleuder auszuprobieren, und prompt auf eine Biene getreten.«

»Das war keine Biene«, widersprach Jonathan und nahm sich das dritte Honigtörtchen. »Das war eine Wespe.«

Miriam klopfte ihm auf die Finger und nahm ihm den Teller weg. »Jonathans Fuß schwoll an wie eine Melone und er konnte drei Tage lang nicht laufen«, sagte sie und brachte den Teller mit den Kuchen nach draußen.

»Stimmt.« Jonathan lutschte sich den Honig von den Fingern und nahm noch einmal das Alabastron zur Hand. »Irgendetwas Schlimmes passiert immer an meinem Geburtstag. Und meistens ist es meine eigene… Huch!«

Plötzlich erfüllte ein berauschender Duft den Raum. Das kleine Gefäß lag zerbrochen auf dem schwarzweißen Mosaikfußboden. Tigris schnupperte an der sich ausbreitenden Öllache.

»Ach, Jonathan«, seufzte Nubia. »Jetzt hast du Pulchras Flasche kaputtgemacht.«

»Und sie war mit Duftöl gefüllt«, sagte Flavia. »Mit wunderbarem Duftöl.«

Jonathan schwieg. Er starrte unglücklich auf das zerbrochene Gefäß und das goldfarbene Öl, das in die Zwischenräume des schwarzweißen Marmormosaiks sickerte.

»Schnell!«, rief Flavia. »Wischt es auf. Rettet es.« Sie zog Jonathans Leinentaschentuch aus seinem Gürtel und drückte es auf das glitzernde Öl. Dann nahm sie ihr eigenes. Nubia machte es ihr nach. Lupus blickte sich um und griff schließlich nach dem Taschentuch, in das er die Steine eingewickelt hatte. Während er sich hinkniete, um das restliche Öl aufzuwischen, leckte Tigris ihm das Gesicht ab.

»Was ist das bloß für ein Duft?« Flavia schloss die Augen und atmete den Geruch tief ein. »Das ist weder Balsam noch Myrrhe noch Weihrauch.«

»Den Geruch kenne ich von irgendwoher«, sagte Jonathan. »Er macht mich immer so traurig.«

»Wie kann er dich traurig machen?«, fragte Flavia. »Das ist doch ein wundervoller Duft. Ich fühle mich davon … berauscht.«

»Und ich fühle mich frei«, sagte Nubia ernst.

Lupus nahm seine Wachstafel und schrieb:

LIMONENBLÜTE

»Natürlich!«, rief Jonathan. »Das ist das Parfüm, das sie in der Villa Limona aus den Früchten ihres Limonenbaums machen.«

Einen Augenblick schwiegen alle und dachten an die schöne Villa am Kap von Surrentum und ihre letzten Erlebnisse zurück. Abgesehen von ihren Begegnungen mit Piraten und Sklavenhändlern, hatte jeder von ihnen seine eigenen Erinnerungen an die Villa Limona, den Besitzer Pollius Felix und seine schöne Tochter Pulchra.

»Vielleicht kommen wir eines Tages wieder mal hin«, sagte Jonathan und starrte zwischen den rotweißen Säulen des Peristyls in den grünen Garten hinaus. Die anderen nickten.

»Felix war so großzügig«, seufzte Flavia. »Er hat mir diese Trinkschale aus Athen geschenkt und dir das Fläschchen mit dem Duftöl und Nubia die neue Flöte.« Sie neigte nachdenklich den

Kopf. »Lupus, hat Felix dir eigentlich auch etwas geschenkt? Dich hat er doch besonders gern gemocht.«

Lupus schlug mit den Handflächen einen Rhythmus in die Luft.

»Stimmt«, sagte Flavia. »Er hat dir eine Trommel geschenkt.«

Lupus unterbrach sein Luftgetrommel und griff nach seiner Wachstafel. Er glättete das Wachs mit dem flachen Ende seines Stilus, dann schrieb er eine neue Mitteilung:

ER SUCHT NOCH ETWAS

»Für dich? Er sucht noch etwas, was er dir schenken will?«, fragte Flavia.

Lupus nickte.

»Was denn?«, fragte Jonathan.

Lupus zuckte mit den Schultern und senkte den Blick.

»Was immer er sucht«, sagte Flavia und steckte sich eine hellbraune Haarsträhne hinters Ohr, »ich bin sicher, er findet es. Felix ist schließlich noch mächtiger als der Kaiser.«

»Diese Bemerkung würde ich lieber nicht wiederholen«, ertönte eine Stimme von draußen. »So mancher Kaiser hat wegen einer solchen Äußerung schon Menschen umgebracht.«

SCHRIFTROLLE II

»Doktor Mordecai!«, rief Flavia.

Jonathans Vater stand im Eingang des Trikliniums. Mit seinem weiten blauen Kaftan, der schwarzen Schärpe und dem schwarzen Turban verdeckte er das vom Garten einfallende Licht.

»Friede sei mit euch, Flavia und Nubia.« Mordecai verneigte sich vor den Mädchen, und während er näher trat, wurde es wieder heller im Raum. »Selbst die Andeutung, jemand könnte genauso mächtig sein wie der Kaiser, ist riskant«, sagte er ernst. »Vor knapp einem Jahr hat Titus einen Mann umgebracht, der ihm den Rat gab, besser nicht Kaiser zu werden. Und du willst doch bestimmt nicht, dass Publius Pollius Felix etwas zustößt. Er hat sich als sehr wertvoller Freund erwiesen – lieber Gott...« Mordecai ließ sich neben die beiden Mädchen sinken. »Dieser Duft...«

»Das ist der Duft der Limonenblüte«, sagte Jonathan leise. »Ich habe das Parfümfläschchen fallen lassen.«

»Seit fast zehn Jahren ist mir dieser Geruch nicht mehr begegnet.«

»Woher kennst du denn diesen Duft?«, fragte Jonathan seinen Vater.

Mordecai schwieg einen Augenblick. Flavia konnte die Stelle in seinem Bart sehen, die beim Ausbruch des Vesuvs vom heißen Wind angesengt worden war.

»In Jerusalem«, antwortete Mordecai schließlich. »Im Hof deiner Großeltern. Dort wuchs ein wunderschöner Limonenbaum. Deine Mutter liebte diesen Baum. Das einzige Parfüm, das sie jemals benutzte, war Limonenblüte.«

»Ach so«, sagte Flavia. »Deshalb macht dich der Duft so traurig, Jonathan. Er erinnert dich an deine Mutter.« Sie musste schlucken.

»Aber ich war doch noch ein Baby, als wir getrennt wurden«, erwiderte Jonathan. »Wie soll ich mich da an ihr Parfüm erinnern können?«

»Der Geruchssinn ist der erste und ursprünglichste unserer Sinne«, erklärte Mordecai. »An das Gesicht deiner Mutter wirst du dich kaum erinnern können, aber ihr Duft ist dir in Erinnerung geblieben. Mir geht es genauso«, fügte er leise hinzu.

Flavia traten Tränen in die Augen. Auch sie konnte sich nicht an das Gesicht ihrer Mutter erinnern. Sie war drei Jahre alt gewesen, als ihre Mutter bei der Geburt der Zwillingsbrüder starb. Im Zusammenhang mit ihrer Mutter musste sie auch an ihren Vater denken, den Seekapitän Marcus Flavius Geminus. Er war auf Reisen gegangen, bevor der Vulkan ausbrach, und seitdem hatte sie nichts mehr von ihm gehört. Flavia redete sich ein, es ginge ihm gut und er wäre bald wieder zurück, aber da lief ihr auch schon eine heiße Träne über die Wange, und sie biss sich auf die Unterlippe, damit sie aufhörte zu zittern.

Sie hörte ein Schniefen neben sich, dann sah sie, dass auch Nubias Wangen nass waren. Sklavenhändler hatten Nubias Vater umgebracht und den Rest der Familie in Ketten abgeführt.

Lupus' Augen waren trocken, aber rot umrändert. Er schien durch den Garten hindurch in die Vergangenheit zu starren.

»Es ist mir noch nie aufgefallen«, sagte Flavia. »Aber wir haben alle etwas gemeinsam: Wir haben keine Mutter mehr.«

»Stimmt«, murmelte Jonathan und blickte zu seinem Vater auf. »Vater?«

»Ja, Jonathan?«

»Warum ist Mutter eigentlich gestorben?«

»Das habe ich dir bereits erzählt. Sie wurde vor neun Jahren bei der Belagerung Jerusalems umgebracht.«

»*Wie* sie gestorben ist, weiß ich. Aber ich weiß nicht, warum. Warum ist sie in Jerusalem geblieben, während wir entkommen sind? Warum ist sie nicht mit uns geflohen?«

Mordecai senkte den Blick. »Der Vater deiner Mutter war Priester. Er sagte, es gehöre sich nicht für seine Tochter, aus der Stadt zu fliehen. Sie beschloss deshalb, ihrem Vater zu gehorchen und nicht mir.«

»Aber hat es ihr denn nichts ausgemacht, dass du Miriam und mich mitgenommen hast? Hat sie uns denn nicht geliebt?«

Jonathans Vater schwieg.

»Vater?«

Mordecai hob den Kopf, aber er blickte Jonathan nicht an. »Natürlich hat sie euch geliebt!«, sagte er aufbrausend. »Sehr sogar. Aber ich bestand darauf, dich und Miriam mitzunehmen. Wenigstens darin hat sie mir gehorcht.«

Flavia warf Mordecai einen prüfenden Blick zu. Sie spürte, dass er ihnen etwas verschwieg. Und sie sah Jonathan an, dass auch er mit der Antwort seines Vaters nicht zufrieden war.

Plötzlich fing Tigris an zu bellen und sauste aus dem Zimmer. Gleich darauf hörte Flavia jemanden an die Haustür klopfen, dann vernahm sie Miriams besorgte Stimme. Einen Augenblick später tauchte Miriam in der Tür auf und ihr Gesicht war noch blasser als sonst.

»Soldaten«, flüsterte sie mit angsterfüllten Augen. »Zwei Soldaten und ein Magistrat wollen dich sprechen, Vater!«

Drei Männer standen im Atrium von Jonathans Haus: zwei kräftige Soldaten und ein kleiner Mann in einer weißen Toga. Tigris hatte sich vor ihre Füße gepflanzt und bellte unaufhörlich zu ihnen hinauf. In Flavias Haus nebenan bellten nun auch Ferox, Scuto und Nipur. Da konnte es nicht mehr lange dauern, bis die Hunde von ganz Ostia sich dem Gebell anschlossen.

»Tigris! Sei still!« Jonathan hob seinen kleinen Hund hoch und kraulte ihn hinterm Ohr. »Braver Hund.«

»Friede sei mit euch.« Mordecai verneigte sich vor den Männern. »Jeder Fremde ist ein uneingeladener Gast. Was kann ich für Euch tun?«

»Doktor ben Ezra«, sagte der Mann in der Toga. Er war jung und hatte dünnes Haar und hellbraune Augen. »Wir kennen uns bereits.«

»Bato!«, rief Flavia aus. »Ihr seid Marcus Artorius Bato, der Magistrat. Erinnert Ihr Euch an mich? Ihr habt uns vor ein paar Monaten geholfen, einen Dieb zu fangen.«

»Natürlich erinnere ich mich. Du bist Flavia Gemina.« Ein Lächeln huschte über sein Gesicht, dann runzelte er die Stirn, als er in die Runde blickte und die tränennassen Wangen und roten Augen sah. »Ist jemand gestorben?«, fragte er.

Jonathan nickte. »Unsere Mütter«, antwortete er.

Bato blickte einigermaßen ratlos von einem zum anderen. Vier verschiedene Mütter gleichzeitig? Wie das? Er schüttelte den Kopf, um wieder klar denken zu können.

»Doktor«, sagte er und wandte sich wieder an Mordecai. »Wir haben Grund zu der Annahme, dass sich ein gefährlicher Verbrecher auf dem Weg hierher befindet. Kennt Ihr einen Mann namens Simeon?«

»Simeon?«, fragte Mordecai.

»Simeon ben Jonah.« Bato blickte auf seine Wachstafel. »Heute Morgen hat ein Schiff aus Griechenland angelegt und der Verdächtige wurde beim Verlassen des Schiffes beobachtet. Unser Informant hat diesen Simeon erkannt und ist ihm gefolgt, bis er hörte, wie er sich nach dem Haus des jüdischen Doktors erkundigte. Soweit ich weiß, seid Ihr der einzige jüdische Doktor hier in Ostia.«

Jonathan warf seinem Vater einen kurzen Blick zu, während

Bato fortfuhr: »Dieser Simeon scheint äußerst gefährlich zu sein. Wir glauben, dass er ein Auftragsmörder ist. Habt Ihr irgendwelche Feinde, Doktor? Jemanden, der Euch gegen Bezahlung umbringen lassen könnte?«

»Nein. Das heißt, nicht dass ich wüsste …« Mordecais Gesicht war leichenblass.

»Nun, ich schlage vor, Ihr verriegelt Eure Tür. Und geht nicht ohne einen Leibwächter aus dem Haus. Wir haben einige Männer losgeschickt, um den Verbrecher zu suchen, aber ich kann Euch auch zwei Soldaten zum Bewachen Eures Hauses überlassen.«

»Äh … nein. Nein, danke. Das wird nicht nötig sein«, erwiderte Jonathans Vater. »Wir werden vorsichtig sein.«

»Wieder ein Geheimnis!«, rief Flavia. »Wie aufregend!«

»Das ist kein Spiel«, sagte Bato warnend zu ihr. »Er ist ein gefährlicher Auftragsmörder.«

»Was ist Auftragsmörder?«, flüsterte Nubia.

»Jemand, der dafür bezahlt wird, Leute umzubringen«, flüsterte Flavia zurück.

»Wie sieht er denn aus?«, fragte Jonathan.

Bato öffnete noch einmal seine Wachstafel. »Unser Informant sagt, Simeon sei etwa dreißig Jahre alt, groß, schlank und dunkelhaarig. Er hat einen Bart und langes, krauses Haar. Außergewöhnlich langes Haar sogar, das er möglicherweise unter einem Turban versteckt.« Er wandte sich wieder an Mordecai. »Es tut mir Leid, aber mehr weiß ich nicht über ihn. Wenn Ihr jemanden herumschleichen seht, auf den die Beschreibung passt …«

»Dann informieren wir Euch sofort«, sagte Mordecai.

»Hat er schon viele Leute umgebracht?«, fragte Flavia schnell, als der Magistrat sich zum Gehen wandte.

»Ja, soweit ich weiß«, antwortete Bato, dann zögerte er. »Sein Name steht sogar auf der Liste der meistgesuchten Auftragsmörder. Wir haben den Befehl, diese Leute festzunehmen, sobald sie gesichtet werden.«

Die vier Freunde blickten sich erschrocken an.

»Wir werden vorsichtig sein«, sagte Mordecai und hielt Bato und seinen Soldaten die Tür auf.

Sobald sie gegangen waren, wandte sich Jonathan seinen Freunden zu. »Na wunderbar«, sagte er. »Ein Schwerverbrecher, der unterwegs ist, um uns umzubringen. Nein, an meinem Geburtstag passiert nie etwas Schlimmes!«

SCHRIFTROLLE III

»Nubia, wie viele Tage ist Pater eigentlich schon unterwegs?«, fragte Flavia.

Die beiden Mädchen ruhten sich nach dem Besuch der Thermen in Flavias Garten aus, bis es Zeit war für Jonathans Geburtstagsfeier.

Nubia lag auf dem Bauch neben einem Springbrunnen. »Wir sind mit deinem Vater zu deinem Onkel gesegelt«, sagte sie. »Zwei Tage später haben wir deinen Vater nach Pompeji begleitet und er ist auf See gegangen. In der Nacht davor hat es keinen Mond gegeben.«

»Das stimmt«, murmelte Flavia. Sie saß auf der Marmorbank im Schatten des Feigenbaums und machte sich Notizen auf einer Wachstafel. »Pater hat also am Tag des Neumonds den Hafen von Pompeji verlassen. Und heute Abend ist wieder Neumond.«

Nubia drehte sich erneut zu der Marmorsäule am Springbrunnen um. Am Fuß der Säule hatte sie einen kleinen Ameisenhügel entdeckt. Sie beobachtete, wie ein paar schwarze Ameisen mühsam versuchten, ein Gerstenkorn den Hügel hinaufzuschieben. In der Nähe lagen Ferox, Scuto und Nipur hechelnd unter einem Jasminstrauch nebeneinander und sahen aus wie drei Sphinxe: eine große, eine mittlere und eine kleine.

»Das bedeutet, Pater ist genau vor einem Monat losgesegelt«, seufzte Flavia und legte die Wachstafel auf die Bank im Halbschatten. »Es kommt mir viel länger vor.«

»Viel ist passiert«, erwiderte Nubia und ließ die Ameisen nicht aus den Augen.

»Stimmt«, sagte Flavia. »Der Vulkan ist ausgebrochen, Jonathan wäre beinahe gestorben, Miriam hat sich verliebt, die Piraten… Ich habe mir vorgenommen, ein Tagebuch zu führen. Ich will nichts von dem, was passiert ist, vergessen. Vielleicht frage ich Lupus, ob er Lust hat, Zeichnungen dazu zu machen.«

Nipur gähnte mit einem leisen Jaulen und klopfte mit dem Schwanz auf den Boden; ihm wurde langsam langweilig. Nubia hingegen war völlig fasziniert von den vier Ameisen, die sich immer noch damit abmühten, das Gerstenkorn in ihren Ameisenhügel zu transportieren. Als das Korn schließlich zum dritten Mal wegrollte, beschloss Nubia, ihnen zu helfen.

Vorsichtig schob sie das Korn mit der Spitze ihres Zeigefingers den Hügel hinauf und legte es direkt vor der Öffnung für die Ameisen bereit. Die Ameisen fanden es und wedelten vor Aufregung mit ihren Fühlern. Dann kippten sie das Gerstenkorn in ihr kühles Ameisenhaus hinein und verschwanden anschließend selbst darin.

Nubia lächelte und ließ sich wieder auf den Rücken rollen. Jetzt würden die Ameisen ein Festmahl feiern und Ameisenlieder singen, ohne zu ahnen, dass sich eine riesige Kreatur über sie gebeugt und Mitleid mit ihnen gezeigt hatte.

Sie seufzte. Das Plätschern des Springbrunnens und das gleichmäßige Zirpen der Zikaden in den Schirmkiefern machten sie schläfrig. Sie schloss die Augen.

Plötzlich riss sie die Augen wieder auf. Im Haus nebenan schlug Tigris durch lautes Gebell Alarm.

Jonathan schlich ganz langsam die Treppe hinab, Stufe für Stufe. Ihm war eingefallen, dass sie nach ihrem Umzug in die Straße zum Grünen Brunnen vor ein paar Monaten nicht alles ausgepackt hatten, zum Beispiel die gelbe Schmuckschatulle seiner Mutter. Sein Vater hatte ihm verboten, hineinzusehen.

Am Fuß der Treppe nahm Jonathan den Duft des Limonenparfüms wahr, der immer noch das Triklinium erfüllte. Er blieb einen Moment stehen und vergewisserte sich, dass ihn niemand bemerkt hatte. Tigris hatte aufgehört zu bellen: Lupus spielte mit ihm in ihrem Zimmer. Jonathans Vater war im Arbeitszimmer und hatte den hauchfeinen Vorhang zugezogen, was bedeutete, dass er die Thora studierte. Aber Miriam konnte ein Problem werden, denn er musste an der Küche vorbei, wo sie mit der Vorbereitung des Festessens beschäftigt war.

Jonathan zog sich seine Sandalen aus und ließ sie am Fuß der Holztreppe stehen. Er wünschte, er könnte sein wie Flavia: Die hatte nie ein schlechtes Gewissen, wenn sie ihrem Vater nicht gehorchte.

Jonathan holte tief Luft und schlich weiter. Zum Glück stand Miriam mit dem Rücken zu ihm, während sie Teig knetete und ein hebräisches Lied sang.

Mit einem Seufzer der Erleichterung huschte Jonathan in den Vorratsraum und ließ die Tür nur gerade so weit offen, dass ein fahler Lichtstrahl hereinfiel.

Vorsichtig schlängelte er sich an den halb in der Erde vergrabenen Amphoren mit Wein, Trockenobst und Getreide vorbei. In der dunkelsten Ecke des Vorratsraumes waren ein paar Holzregale angebracht. Die Schmuckschatulle seiner Mutter stand ganz oben. Aber er war immerhin groß genug, um heranzukommen.

Die Schatulle war aus Holz, oben gewölbt und unten flach. Sie war mit klarem gelbem Harz überzogen und mit hübschen rotblauen Punktreihen verziert. Jonathan untersuchte sie in dem schmalen Lichtstrahl. Schließlich fand er den Verschluss. Was er für den Boden gehalten hatte, war in Wirklichkeit der Deckel. Er glitt auf und brachte einige Schmuckstücke und eine kleine Papyrusrolle zum Vorschein, die mit einer gelben Kordel verschnürt war.

Jonathans Herz klopfte heftig. Er wusste, dass er da etwas Verbotenes tat, aber er musste unbedingt herausfinden, warum seine Mutter nicht mit ihnen geflohen war. Er wurde das Gefühl nicht los, dass es seine Schuld gewesen war. Darum hatte sein Vater ihm nie den wahren Grund gesagt, warum sie in Jerusalem geblieben war.

Jonathan untersuchte zuerst den Schmuck: ein silbernes Halsband mit Anhängern aus grünem Jaspis, ein paar Daumenringe aus reinem Silber und etwas, das aussah wie ein Nasenring. Auch ein Siegelring war darunter.

Der Stein war ein Sardonyx und hatte die Farbe und Transparenz einer getrockneten Aprikose. Eine Taube war in den Stein eingraviert. Jonathan probierte den Ring an. Er passte ganz knapp an den kleinen Finger seiner linken Hand.

Ohne den Ring wieder abzuziehen, nahm er die kleine Schriftrolle heraus. Sie bestand nicht aus einem Stück, sondern aus mehreren Papyrusblättern, die ineinander gerollt waren. Es gelang ihm, das innerste Blatt herauszuziehen, ohne den Knoten der Schnur zu öffnen.

Die Blätter waren bereits vergilbt. Sie mussten mindestens zehn Jahre alt sein. Vielleicht sogar fünfzehn.

»Deine Liebe ist tausendmal süßer als Wein«, las Jonathan auf Hebräisch, »dein Parfüm wohlriechender als alle Düfte der Welt. Susannah, du hast mich nur angesehen und schon war es um mich geschehen.«

Die Papyrusblätter waren nicht unterzeichnet, aber Jonathan war sich sicher, dass es Liebesbriefe seines Vaters an seine Mutter waren. Die Handschrift sah aus wie die seines Vaters, nur dass sie noch kraftvoller, ausdrucksvoller und leidenschaftlicher wirkte.

Jonathan spürte, wie sein Gesicht heiß wurde. Er konnte sich seinen Vater nur schwer als stürmischen, verliebten jungen Mann vorstellen. Jonathan überflog die anderen Blätter, aber es waren lauter Liebesbriefe. Nichts, was darauf hinwies, warum seine Mutter nicht mitgekommen war, als sie Jerusalem verließen. Aber was hatte er eigentlich erwartet? Er versuchte zu schlucken, aber er konnte die Enttäuschung nicht zurückdrängen.

Vorsichtig rollte er die Papyrusblätter wieder zusammen und schob sie in die verknotete Schnur zurück. Er runzelte die Stirn und schnupperte an der Rolle. Limonenduft. Schwach, aber unverkennbar.

»Mutter«, flüsterte er. »Warum bist du nicht mit uns gekommen? Was habe ich falsch gemacht?«

Er wollte die Schmuckschatulle gerade auf das Regal zurücklegen, als ihm der Ring an seinem kleinen Finger einfiel. Er versuchte, ihn abzustreifen, aber vergeblich. Es war sehr heiß und seine Hand klebte. Egal. Er würde den Finger einfach unter den Springbrunnen halten und dann einen Tropfen Olivenöl darauf geben. Dann würde er bestimmt abgehen.

Als Jonathan aus dem Vorratsraum schlich und die Tür leise hinter sich schloss, stutzte er. Wieso hörte er Männerstimmen aus dem Arbeitszimmer? Sein Vater war doch allein?

Er ging einen Schritt näher. Jetzt konnte er durch einen Spalt des dünnen Vorhangs den Turban seines Vaters sehen. Mordecai saß auf dem gestreiften Diwan unter den Regalen mit den Schriftrollen, den Kopf in die Hände gestützt.

»Natürlich ist sie tot«, hörte er seinen Vater auf Hebräisch sagen. »Und es ist meine Schuld. Als ihr Ehemann hätte ich darauf bestehen sollen, dass sie mit uns kommt.«

»Nein, nein«, ertönte eine dunkle Stimme, so tief wie das Schnurren eines Löwen. »Es war ihr eigener Entschluss, nicht mitzukommen. Wegen Jonathan. Es war nicht deine Schuld.«

Jonathan schlug das Herz bis zum Hals. »Wegen Jonathan.« Er hatte also Recht gehabt. Es war seine Schuld. Aber wer war der Mann? Jonathan machte vorsichtig einen weiteren Schritt. Dabei rückte der Mann, der neben seinem Vater saß, ins Blickfeld. Im Garten summte eine Biene in den Lavendelstauden und er konnte Miriam in der Küche leise singen hören.

Der Mann, der neben seinem Vater saß, hatte einen dunklen Bart und krauses Haar, das ihm bis über die Schultern fiel.

Jonathan gefror das Blut in den Adern.

Simeon.

Das konnte nur Simeon sein, der Auftragsmörder.

Jonathan riss den Mund auf und schrie.

SCHRIFTROLLE IV

»Hilfe! Mörder!« Jonathan zog den Vorhang des Arbeitszimmers beiseite. Der Mann sprang auf, doch bevor er wegrennen oder eine Waffe ziehen konnte, versetzte Jonathan ihm einen Kopfstoß in den Magen.

»Uff!« Der Mann stürzte zu Boden.

»Schnell, Vater!« Jonathan blickte sich nach einem schweren Gegenstand um. »Mach ihn fertig!«

»Immer mit der Ruhe, Jonathan!«, rief Mordecai auf Hebräisch. »Er wird uns nichts tun.«

Der langhaarige Mann lag keuchend auf dem Fußboden.

»Simeon! Alles in Ordnung?« Mordecais Gebetsschal glitt zu Boden, als er sich bückte, um dem Mann aufzuhelfen. Der Mann stöhnte und hob seinen großen Kopf. Jonathan starrte ihm in seine blauen Augen. Er wirkte gar nicht verärgert, eher amüsiert.

Da hörte er Fußgetrappel und Hundegebell. Lupus und Tigris kamen ins Arbeitszimmer gerannt. Lupus schwang Mordecais Schwert über dem Kopf.

»Halt!«, schrie Mordecai auf Lateinisch. »Das ist Jonathans Onkel!«

Lupus konnte sich gerade noch bremsen.

Tigris hingegen verstand kein Latein. Er wusste nur, dass sein Herrchen in Gefahr war und dass dafür nur einer infrage kam. Mit grimmigem Knurren sprang er vor und grub seine scharfen Zähne in das Fußgelenk des fremden Mannes.

»Simeon ist dein Onkel?« Flavia starrte Jonathan ungläubig an, während er sich die Hände an einem Leinenhandtuch abtrocknete. Jonathan nickte. Es war früher Abend und sie hatten sich zu Jonathans Geburtstagsfeier zusammengefunden.

»Wieso hast du uns das nicht erzählt?«, fragte Flavia.

»Wir wussten es doch selbst nicht«, sagte Miriam, während sie Wasser über Nubias Hände goss. »Er ist heute Morgen angekommen, während wir bei dir drüben Unterricht hatten. Simeon schlief anscheinend oben in Vaters Zimmer, als die Soldaten auftauchten. Der Name Simeon hat mir nichts gesagt; ich habe meinen Onkel immer Simi genannt.«

»Und ich war damals noch ein kleines Kind und konnte mich überhaupt nicht an ihn erinnern«, fügte Jonathan hinzu.

»Dann hat dein Vater Bato angelogen?«

»Aus gutem Grund. Onkel Simi hat einen wichtigen Auftrag zu erfüllen. Niemand darf davon wissen.«

Flavia riss die Augen auf. Dann flüsterte sie: »Aber Bato hat doch gesagt, Simeon sei ein …«

»… ein Mörder?« Ein großer Mann mit langem dunklem Haar folgte Mordecai ins Esszimmer. Er hatte auffallend blaue Augen und einen dunklen Bart.

Flavia schluckte und nickte.

»Flavia«, sagte Jonathan, »das ist mein Onkel Simeon. Simeon, das hier sind meine Freundinnen Flavia und Nubia.«

Simeon nickte den Mädchen zu und setzte sich im Schneidersitz auf ein besticktes Kissen neben Jonathan. Jonathans Familie saß beim Essen lieber auf dem Fußboden statt auf Sofas.

»Seid Ihr Auftragsmörder?«, fragte Nubia mit weit aufgerissenen Augen.

»Ich bin… ein Kurier«, erwiderte Simeon. »Ich habe Kaiser Titus eine wichtige Nachricht zu überbringen.« Simeon beugte sich vor und hielt seine Hände über die Kupferschüssel, während Miriam Wasser darüber goss.

»Aber du bist doch Jude wie wir«, sagte Jonathan. »Hasst du denn Titus nicht dafür, dass er Jerusalem zerstört hat? Vater hat nämlich gesagt, ich meine… Stimmt es, dass du in Jerusalem warst, als Titus die Stadt zerstört hat?«

»Ja«, antwortete Simeon leise. »Ich war in Jerusalem.«

»Erzählt Ihr uns, was passiert ist?«, fragte Flavia.

»Ich war neunzehn Jahre alt, als Titus Jerusalem plünderte«, begann Simeon. Die Kerzen waren angezündet und Mordecai hatte den Segen gesprochen. Jetzt reichte Miriam den ersten Gang herum – ein Tablett mit hart gekochten Eiern –, während Lupus die Becher mit gut verdünntem Wein füllte.

Nubia runzelte fragend die Stirn. »Wie hat Titus Jerusalem geplündert?«

»Du meinst wohl, ›warum‹«, sagte Mordecai. »Jerusalem und Rom waren seit langem verfeindet, hauptsächlich aus religiösen Gründen.«

»Aber wie ging das?«, wollte Nubia wissen. »Titus ist doch kein großer Mann.« Nubia hatte den Kaiser vor ein paar Wochen im Flüchtlingslager südlich von Stabia gesehen.

»Er hatte vier Legionen bei sich.« Simeon tauchte sein Ei in die Salz-Koriander-Mischung, dann roch er ehrfürchtig daran, bevor er hineinbiss. »Legionen«, wiederholte er, als er Nubias verständnislosen Blick sah. »Fünfeinhalbtausend Soldaten pro Legion plus ebenso viele Hilfstruppen. Das sind zusammen fast fünfzigtausend Männer.«

»Oh«, sagte Nubia und nickte ernst. »Und dann hat er alles in Säcke gepackt und mitgenommen?«

Simeon schmunzelte leicht. »Eine Stadt plündern heißt: die Verteidiger töten, wertvolle Gegenstände mitnehmen und die Menschen, die dort leben, zu Sklaven machen.«

»Oh«, sagte Nubia erneut. »Bestimmt habt Ihr große Angst gehabt.«

»Es war eine Katastrophe. Eine Hungersnot brach aus. Es gab nichts mehr zu essen«, sagte er leise und senkte den Blick. Er hatte dicke Augenlider und wirkte trotz seines langen Gesichts sympathisch. Er erinnerte Nubia an einen traurigen, kleinen Hund und sie hätte ihm am liebsten den Kopf getätschelt.

Simeon fuhr fort: »Eigentlich wäre für die nächsten zehn Jahre genug Nahrung für jeden da gewesen, aber einige von unseren eigenen Leuten haben die Getreidevorräte zerstört. Sie dachten, sie könnten uns damit zwingen, aus der Stadt herauszukommen und gegen die Römer zu kämpfen. Aber sie hatten sich verschätzt. Innerhalb weniger Monate gab es nichts mehr zu essen. Bald fingen wir an, Pferde, Maultiere und Hunde zu essen. Und schließlich griffen wir zu Sandalen, Gürteln und sogar Ratten.«

Nubia schauderte und Flavia legte ihr angebissenes Ei weg.

»Als Titus' Legionen schließlich die Stadtmauer durchbrachen und die Stadt einnahmen, war es fast wie eine Gnade«, erklärte Simeon. »Seine Soldaten töteten die Schwachen und die Alten und versklavten alle anderen. Einige wurden den Tieren in der Arena zum Fraß vorgeworfen. Andere wurden für Titus' Triumphzug nach Rom gebracht; sie sollten dort zur Schau gestellt und dann hingerichtet werden. Ich gehörte zu denen, die nach Korinth geschickt wurden, um zusammen mit tausenden anderer jüdischer Sklaven an Neros Isthmus zu arbeiten.«

»Was ist Ithamus?«, fragte Nubia.

»Ein Isthmus ist ein tiefer Graben zwischen zwei Meeren, der als Schiffsweg dient. Damit können die Schiffe ihre Reisezeit um Monate verkürzen.«

»Pater segelte ständig durch den Isthmus von Korinth«, sagte Flavia zu Nubia. Dann wandte sie sich an Simeon: »Unser Hauslehrer Aristo kommt aus Korinth. Kennt Ihr ihn?«

»Das glaube ich kaum«, antwortete Simeon. »Wir Juden haben unser eigenes Lager außerhalb von Korinth. Mittlerweile sieht es eher aus wie eine Stadt. Wir sind schon seit vielen Jahren dort.«

Miriam stand auf. »Ich gehe den Eintopf holen, bevor er kalt wird«, erklärte sie. »Lupus, könntest du das Brot holen?«

Lupus nickte. Er und Tigris folgten Miriam in die Küche. Kurz darauf kehrten sie ins Esszimmer zurück: Miriam mit einer großen Keramikschüssel, Lupus mit einem großen, runden Brotlaib.

»Das ist Reh-Eintopf mit Linsen und Aprikosen«, sagte Miriam und stellte die Schüssel auf den niedrigen, achteckigen Tisch. »Gewürzt mit Kreuzkümmel und Honig. Das ist Jonathans Lieblingsgericht. Tigris, sitz! Sonst sperrt dich Jonathan in die Vorratskammer.«

Jeder brach sich etwas von dem Brot ab und schöpfte damit den süßen Eintopf direkt aus der Schüssel.

»Wunderbar!« Simeon schloss genüsslich die Augen. »Seit der schrecklichen Hungersnot in Jerusalem weiß ich jede trockene Brotkruste zu schätzen. Aber das hier schmeckt einfach großartig.«

»Wirklich köstlich, Miriam«, sagte Flavia, und alle anderen nickten zustimmend.

Nubia bemerkte, dass Jonathan sein Essen kaum angerührt hatte. »Onkel Simeon«, sagte er langsam mit einem kurzen Blick zu seinem Vater. »Warum bist du in Jerusalem geblieben? Warum bist du nicht auch geflohen, so wie wir?«

»Ich war ein Zelot, ein Freiheitskämpfer«, antwortete Simeon. »Ich war jung und wollte gegen die Römer kämpfen. Wir nannten die, die flohen, Feiglinge, aber jetzt wünschte ich… Du hattest Recht, Mordecai. In der schrecklichen Zeit danach habe ich mich oft dafür verflucht, dass ich nicht auf dich gehört hatte.«

Mordecai nickte traurig.

Jonathan gab Tigris ein Stück eingeweichtes Brot. »Simeon«, sagte er. »War meine Mutter bei dir in Jerusalem?«

»Ja, natürlich«, erwiderte Simeon. »Susannah war meine jüngere Schwester.«

»Was ist aus ihr geworden, nachdem Titus Jerusalem geplündert hat?«

»Ich weiß es nicht. Ich habe deinem Vater schon erzählt, dass sie Männer und Frauen getrennt haben. Es herrschte ein fürchterliches Durcheinander. Seitdem habe ich sie nie wieder gesehen.«

»Weißt du, warum sie in Jerusalem geblieben ist? Hat sie dir je erzählt, warum sie nicht …«

»Jonathan!« Mordecai machte ein grimmiges Gesicht. »Bitte lass das Thema. Ich habe dir doch schon gesagt, warum sie nicht mit uns gekommen ist.«

Nubia sah, dass Jonathan gekränkt war. Er ließ den Kopf hängen und streichelte Tigris. Plötzlich erstarrte Tigris und bellte einmal kurz auf. Einen Augenblick später hörten sie jemanden an die Haustür klopfen.

»Du musst dich sofort verstecken, Simeon«, flüsterte Mordecai, während Miriam zur Haustür lief. »Das könnte wieder der Magistrat sein.«

SCHRIFTROLLE V

»Es ist nicht der Magistrat, Vater. Es ist Gaius.« Miriam führte einen großen blonden Mann an der Hand herein.

Alle atmeten erleichtert auf und Mordecai wandte sich an Lupus. »Du kannst Simeon wieder hereinholen.«

»Hast du ein Haus gefunden, Onkel Gaius?«, fragte Flavia.

Ihr Onkel schüttelte den Kopf. Flavia fand, dass er trotz seiner gebrochenen Nase und der Narbe auf der Wange immer noch gut aussah.

Gaius lächelte auf Jonathan herab.

»Entschuldige, dass ich zu spät zu deiner Geburtstagsfeier komme, Jonathan. Herzlichen Glückwunsch!« Er überreichte ihm einen flachen Holzgegenstand, der mit roten und blauen Streifen bemalt war. »Es ist nur eine Wachstafel, aber ich dachte, die Streifen könnten dir gefallen.«

»Schön«, sagte Jonathan und nahm die Wachstafel entgegen. »Danke. Die ist sehr … nützlich.«

»Jonathan!«, rief Flavia. »Du hast dich ja am Finger verletzt!« Der kleine Finger seiner linken Hand war mit einem weißen Leinenstreifen umwickelt.

»Nicht der Rede wert.« Jonathan errötete und versteckte die Hand unter dem Tisch.

Mordecai warf seinem Sohn einen strengen Blick zu, doch da kam auch schon Lupus mit Simeon zurück.

»Gaius«, sagte Miriam. »Das ist mein Onkel Simeon.«

Nachdem sich die beiden begrüßt hatten und Miriam Gaius die Hände gewaschen hatte, ließen sich alle den Eintopf schmecken.

»Sie steht dir gut«, sagte Gaius.

»Danke«, flüsterte Miriam und errötete, als alle sie anschauten. »Meine neue Tunika«, erklärte sie. »Ein Geschenk von Gaius.« Die lange Tunika war aus weißem Leinen und mit einer schmalen Goldbordüre verziert.

Simeon musterte Miriam. »Es ist fast zehn Jahre her, seit ich dich das letzte Mal gesehen habe«, sagte er nachdenklich. »Du bist eine richtige Schönheit geworden, genau wie deine Mutter.« Er blickte Gaius an. »Ihr könnt Euch glücklich schätzen.«

»Ich weiß«, erwiderte Gaius, ohne den Blick von Miriam abzuwenden.

»Habt Ihr schon den Hochzeitstag festgesetzt?«, fragte Simeon.

Gaius schüttelte den Kopf und tauchte sein Brot in den Eintopf. »Ich möchte mich zuerst nach einem Haus für uns umsehen. Da fällt mir ein...« Er blickte Flavia an. »Morgen muss ich nach Stabia. Ich habe mit Felix noch etwas zu besprechen und will mir außerdem ein Bild davon machen, ob es möglich ist, den Gutshof wieder aufzubauen.«

Flavia und Nubia sahen sich an. Kurze Zeit nach dem Ausbruch des Vesuvs hatten sie von einem Berggipfel aus auf die Überreste von Gaius' Hof herabgeblickt und feststellen müssen, dass er fast vollständig verschüttet war.

Plötzlich stieß Lupus ein Grunzen aus und hielt die Hand hoch.

»Was ist, Lupus?«, fragte Flavia.

Lupus legte den Finger an die Lippen und riss die Augen auf.

Alle verstummten und lauschten. Vom Meer her ertönte ein Geräusch, das sich anhörte wie Jammern. Dann tutete es ein paarmal kurz hintereinander und wieder ertönte dieser lang gezogene Jammerton.

»Da bekommt man ja eine richtige Gänsehaut«, sagte Flavia. »Was ist das?«

»Hört sich an wie ein Horn«, meinte Nubia.

»Das ist ein Schofar«, erklärte Miriam. »Eine Art Trompete aus dem Horn eines Widders. Und das bedeutet, dass es Zeit ist für unseren letzten Gang.« Als Miriam aufstand, um in die Küche zu gehen, blickte sie zum Abendhimmel auf. »Ja. Ich kann drei Sterne sehen. Der erste Tag des neuen Jahres ist angebrochen.« Flavia sah, wie sie Gaius ein strahlendes Lächeln zuwarf, bevor sie hinausging.

Wieder ertönte das Widderhorn, ein langes Tuten gefolgt von neun Stakkatostößen, und dann wieder ein langer Ton.

»Die Töne kommen von der Synagoge, stimmt's?«, fragte Flavia.

Mordecai nickte. »Heute feiern wir unser Neujahrsfest«, sagte er. »Wir nennen es das Fest der Trompeten.«

»Aber ich dachte, ihr wärt Christen«, sagte Flavia stirnrunzelnd.

»Das sind wir auch«, erwiderte Mordecai. »Wir haben unsere Bräuche und Feste nicht aufgegeben, sondern nur den Glauben an einen jüdischen Propheten, den wir den Messias nennen, hinzugefügt.«

Miriam kam mit einem großen Teller ins Esszimmer zurück.

»Apfel mit Honig. Zur Feier des Tages«, sagte sie. »Ein frohes neues Jahr wünsche ich euch!«

»Frohes neues Jahr!«, riefen alle.

Eine warme Brise wehte aus dem dämmrigen Garten herein und brachte den schwermütigen Ruf des Horns mit sich.

»Warum wird das Horn geblasen?«, fragte Flavia und knabberte an einem Stück Apfel.

»Um uns aufmerksam zu machen«, erklärte Mordecai lächelnd. »Um uns daran zu erinnern, dass wir heute neu beginnen und unsere Sünden abschütteln können.«

»Was sind Sünden?«, fragte Nubia.

»Sünden nennt man das, was wir falsch gemacht haben«, erklärte Mordecai. »In den nächsten zehn Tagen erinnern wir uns an unsere Sünden. Wir nennen sie die zehn Bußtage. An unserem heiligsten Tag, dem Jom Kippur, fasten und beten wir und entschuldigen uns bei Gott und unseren Mitmenschen für unsere Sünden.«

Simeon blickte in die Runde. »Ich entschuldige mich dafür, dass ich euch Angst eingejagt habe, besonders dir, Jonathan. Kannst du mir verzeihen?«

Jonathan zuckte mit den Schultern, ohne seinen Onkel anzusehen. Flavia fiel auf, dass er den Eintopf kaum angerührt hatte.

Mordecai missfiel Jonathans Unhöflichkeit, und er sagte zu Simeon: »Natürlich verzeihen wir dir.«

Simeon lächelte, nahm eine Apfelscheibe und tauchte sie in den Honig.

»Gibt es noch jemanden, der sich entschuldigen möchte?«, fragte Mordecai. »Du vielleicht, Jonathan?«

»Wieso fragst du mich?« Jonathan machte ein finsteres Gesicht und blickte die anderen an. »Was ist mit Lupus? Der könnte sich zum Beispiel für einiges entschuldigen.«

Lupus glaubte, seinen Ohren nicht zu trauen. Er starrte Jonathan an, dann stand er langsam auf und holte seine Wachstafel hervor. Seine Ohren verfärbten sich von Rosarot nach Hochrot, während er schrieb. Schließlich warf er die Tafel mit solcher Wucht auf den Tisch, dass ein Weinbecher dabei umkippte. Dann rannte er aus dem Triklinium. Kurz darauf hörten sie, wie die Hintertür zugeknallt wurde.

Miriam brach in Tränen aus. Ein roter Weinfleck breitete sich vorn auf ihrer weißen Tunika aus.

Jonathan sprang auf und rannte aus dem Zimmer. Flavia wunderte sich, als sie hörte, dass er nach oben lief und nicht zur Hintertür. Sie stand ebenfalls auf und rannte nach draußen in den dämmrigen Garten.

»Lupus!«, rief sie durch die offene Hintertür. »Komm zurück!« Aber der Himmel über dem Friedhof war so dunkel, dass sie kaum die Wipfel der Schirmkiefern erkennen konnte. Flavia schloss die Tür und lief zurück ins Triklinium.

»Es ist zu dunkel«, sagte sie atemlos. »Ich habe nicht sehen können, wo er hingelaufen ist. Sollen wir Fackeln anzünden und ihn suchen?«

Mordecai schüttelte den Kopf. »Du weißt doch, dass Lupus oft die Beherrschung verliert und davonläuft. Er wird schon wieder zurückkommen.«

Gaius tröstete Miriam, während Nubia den Weinfleck mit ihrer Serviette abtupfte. Simeon hielt die Wachstafel in der Hand, die Lupus auf den Tisch geworfen hatte.

»Was steht da?«, fragte Flavia.

Jonathans Onkel reichte ihr schweigend die Tafel.

»O nein«, murmelte Flavia und las laut vor, was Lupus geschrieben hatte:

GOTT SOLLTE SICH
FÜR DAS ENTSCHULDIGEN,
WAS ER MIR ANGETAN HAT!!

Lupus rannte durch die Dämmerung. Zornestränen trübten seinen Blick, als er in den Kiefernwald stürmte.

Er trug nur seine Hauspantoffeln und von den im Weg liegenden Steinen und spitzen Zweigen taten seine Fußsohlen weh. Er war nicht mehr so zäh wie noch vor ein paar Monaten. Er war empfindlicher geworden, seitdem er bei Jonathan wohnte.

Er konnte jetzt kaum noch etwas sehen, denn es wurde langsam Nacht, und der Mond war nur als winzige, abgeschnittene Scheibe zu sehen. Die schwarzen Kiefernstämme rückten plötzlich bedrohlich näher – wie eine feindliche Armee. Er wich nach links und nach rechts aus und forderte sie damit erst recht heraus, ihn zu fangen.

Schließlich wurde er von etwas gepackt. Aber nicht von einem Baum.

Flavia kratzte leise an der Wand neben Jonathans Zimmer. Es kam keine Antwort, also schob sie den Vorhang zur Seite und trat ein.

Im Schein ihrer Öllampe sah sie Jonathan mit dem Rücken zu ihr auf dem Bett liegen.

»Jonathan?«, flüsterte sie.

Keine Antwort.

»Jonathan, was ist denn los?«, fragte Flavia. »Du hast Lupus verärgert und deinen Vater und Miriam auch. Das ist doch sonst nicht deine Art.«

»Ist es wohl. Ich mache alles kaputt.« Seine Stimme klang gedämpft.

Flavia stellte die Öllampe vorsichtig auf den niedrigen Tisch und setzte sich auf den Bettrand. Tigris blickte sie über Jonathans Schulter hinweg an und wedelte mit dem Schwanz.

»Ich bin schuld, dass Lupus weggelaufen ist«, fuhr Jonathan fort. »Ich bin schuld, dass Miriams neue Tunika ruiniert ist. Ich habe unseren Gast beleidigt und Vater verärgert.«

Flavia schlang die Arme um ihre Knie. »Der Weinfleck auf Miriams Tunika ist doch nur zum Teil deine Schuld, und Lupus hätte ja nicht davonrennen müssen. Dein Vater ist zwar verärgert, aber du weißt, dass er dich liebt.«

»Nein, tut er nicht!«, rief Jonathan. »Vater hasst mich.«

»Unsinn, er hasst dich nicht. Wie kommst du denn darauf?«

Jonathan drehte sich um und blickte Flavia an. Im Dämmerlicht sahen seine braunen Augen fast schwarz aus. »Er hasst mich, weil ich schuld bin am Tod meiner Mutter.«

Gefangen im Netz, die Füße höher als der Kopf und den rechten Arm auf den Rücken gedreht, hing Lupus schaukelnd in der Luft.

Er wusste, dass er in eine Wildschweinfalle geraten war. Sobald ein Tier auf ein bestimmtes Seil trat, hob sich das ganze Netz mit ihm hinauf in die Bäume. Dieses Netz war besonders stabil. Es würde selbst dann nicht reißen, wenn ein Tier darin zappelte, das doppelt so schwer und stark war wie Lupus.

Lupus wartete, bis sein Herz sich beruhigte. Dann holte er ein paarmal tief Luft und versuchte, seinen rechten Arm in eine weniger schmerzhafte Position zu bekommen.

In der Höhle des Zyklopen saß Odysseus' treue Gattin Penelope an ihrem Webstuhl. Ein Wasserfall rauschte irgendwo in der Nähe. Als Jonathan die Höhle betrat, wandte sie sich zu ihm um.

Obwohl es dämmrig war, sah er, dass sie sehr schön war. Sie hatte einen hellen Teint und dunkelblaue Augen und ihr glattes schwarzes Haar war so weich wie Seide. Als sie ihn anlächelte, sah sie aus wie seine Schwester Miriam.

»Ich webe den ganzen Tag und nachts trenne ich alles wieder auf«, flüsterte sie Jonathan zu. »Ich warte jeden Tag auf ihn.«

Jonathan wagte einen Schritt in die Höhle und hatte schreckliche Angst, der Zyklop könnte zurückkehren. Penelope hielt ihm eine Hand voll gelber Wolle hin. »Möchtest du mal riechen? Das ist meine Lieblingswolle.«

Der Duft der Limonenblüte erfüllte die Höhle.

»Mutter?«, fragte Jonathan. »Bist du es? Bist du noch am Leben?«

Sie lächelte ihn an und nickte.

Dann wachte Jonathan auf.

SCHRIFTROLLE VI

Jonathan kam gerade von der Latrine zurück, als er oben im Gästezimmer Licht flackern sah.

»Lupus?«, flüsterte er und warf einen Blick ins Zimmer.

»Nein«, sagte sein Onkel Simeon. »Ich bin es nur.« Er saß auf seinem Bett. Die flackernde Öllampe, die auf dem niedrigen Tisch stand, warf seinen riesigen Schatten an die Wand.

»Was machst du denn da?«, fragte Jonathan erschrocken. Sein Onkel hielt ein Küchenmesser in der einen und ein Haarbüschel in der anderen Hand.

»Ich schneide mir das Haar ab«, antwortete Simeon.

Jonathan trat ein.

»Onkel Simeon«, sagte er. »Bitte erzähle mir von meiner Mutter. Ich muss unbedingt etwas wissen.«

Simeon hob das Messer und die Klinge funkelte im dämmrigen Licht. Das nächste Haarbüschel fiel aufs Bett. »Es heißt, langes Haar sei eine Schande für einen Mann«, erklärte er. »Aber als ich noch Zelot war, betrachteten wir langes Haar als Zeichen der Tapferkeit und des Mutes.«

»Onkel Simeon, ich habe gerade von meiner Mutter geträumt. Ich habe geträumt, sie wäre am Leben.«

Sein Onkel zuckte zusammen.

»Was hast du?« Er ließ langsam das Messer sinken.

»Ich habe von ihr geträumt. Sie saß in einer Höhle und webte. Und sie sagte mir, sie sei noch am Leben.«

»Lieber Gott«, flüsterte Simeon, und selbst im schwachen Licht der Lampe konnte Jonathan sehen, dass er blass wurde.

»Was ist denn?«, fragte Jonathan.

Simeon blickte zu ihm auf. Das Licht fiel von unten auf sein Gesicht, sodass es aussah wie eine Maske. »Jonathan. Wie du weißt, bin ich auf dem Weg nach Rom, um den Kaiser zu sprechen. Obwohl ich einen eiligen Auftrag habe, bin ich über Ostia gefahren, um deinem Vater etwas sehr Wichtiges mitzuteilen. Aber er ist nicht bereit, mir zuzuhören. Vielleicht ...« Simeon legte das Messer neben die Öllampe, »... vielleicht sollte ich es eher dir sagen. Jonathan, bist du bereit, etwas höchst Ungewöhnliches zu glauben?«

»Ja.« Jonathan setzte sich neben seinem Onkel auf das Bett. »Sag es mir.«

Als der folgende Morgen anbrach, war es heiß und still. Nubia fiel auf, dass der Himmel eine sonderbare Farbe hatte, hellgrün, beinahe weiß.

Auch Flavias Onkel Gaius blickte verwundert nach oben, als er sich seinen Reisebeutel um die Schulter hängte.

»Heute wird es sehr heiß«, stellte er fest. »So heiß wie an den Tagen des Hundesterns.« Er schob den Riegel der Haustür auf und trat hinaus auf die Straße.

»Willst du dich denn nicht noch von Miriam verabschieden?«, fragte Flavia, die neben Nubia stand.

Er schüttelte den Kopf und warf einen Blick auf das Nachbarhaus. »Sie feiern heute einen besonderen Tag. Miriam und ich haben uns bereits gestern Abend verabschiedet.« Er drehte sich um, küsste Flavia auf die Stirn, tätschelte Nubia den Kopf und brach in Richtung Hafen auf. Sein treuer Hund Ferox hinkte neben ihm her. Nubia wusste, dass Gaius vorhatte, nach Puteoli und von dort nach Stabia zu segeln.

Die beiden Mädchen schauten ihm nach, bis er aus ihrem Blickfeld verschwand, dann kehrten sie um und verriegelten sorgfältig die Tür hinter sich. Für Jonathan und seine Familie war der erste Tag des jüdischen Neujahrs ein Ruhetag. Deshalb fiel der Unterricht heute Morgen aus. Flavias Hauslehrer Aristo hatte sich freigenommen, um mit einem Freund auf die Jagd zu gehen.

Flavia las Nubia fast den ganzen Morgen die Odyssee auf Lateinisch vor. Sie saßen in der schattigsten Ecke des Gartens, aber selbst dort wurde die Hitze bald schier unerträglich. Sie waren gerade bei der Rückkehr des Odysseus angelangt, als der Türsklave Caudex Miriam in den Garten führte. Nubia sah ihr sofort an, dass etwas nicht stimmte. Miriams Augen waren gerötet und sie hielt Tigris fest umklammert.

»Jonathan ist verschwunden«, sagte sie. »Simeon ist weg, Lupus ist nicht zurückgekehrt und… und Vater ist festgenommen worden.«

»Hier, trink etwas Gerstenwasser, Miriam«, sagte Flavia so ruhig wie möglich. »Und erzähl uns, was passiert ist.«

Miriam saß auf der Marmorbank zwischen Nubia und Flavia. Scuto und die beiden kleinen Hunde lagen hechelnd unter dem Jasminbusch.

»Kurz vor Tagesanbruch wurden Vater und ich zu einer Patientin gerufen«, berichtete Miriam. »Zu einer Frau in der Nähe des Laurentum-Tores, die in den Presswehen lag. Wir konnten sie retten, aber das Baby ist gestorben.« Miriam nahm einen Schluck Gerstenwasser und blickte Flavia an. »So etwas macht mir immer sehr zu schaffen.«

»Ich weiß«, sagte Flavia sanft. Nubia klopfte Miriam tröstend auf die Schulter.

»Als wir vorhin zurückkehrten, war das Haus leer. Jonathan und Onkel Simi waren nirgends zu sehen. Und Lupus ist seit gestern Abend nicht zurückgekehrt.«

»Vielleicht ist Jonathan auf der Suche nach Lupus«, sagte Nubia.

»Das glaube ich nicht«, erklärte Miriam. »Wenn Jonathan sich auf die Suche gemacht hätte, hätte er Tigris mitgenommen.«

»Jonathan ist so merkwürdig«, sagte Flavia. »Gestern Abend hat er zu mir gesagt, sein Vater würde ihn hassen. Er meint, es sei seine Schuld, dass eure Mutter gestorben ist.«

Miriam starrte Flavia an. »Es war natürlich nicht seine Schuld. Und Vater liebt Jonathan über alles.«

»Ich weiß«, erwiderte Flavia. »Aber er hat das Gefühl, er liebt ihn nicht. Ist gestern Abend etwas passiert, nachdem wir gegangen sind? Irgendetwas Ungewöhnliches?«

»Ja, da war etwas«, antwortete Miriam nachdenklich. »Mitten in der Nacht hat mich etwas geweckt. Ich glaube, es war Jonathan, der im Schlaf geschrien hat. Als ich gerade dabei war, wieder einzuschlafen, hörte ich, wie er mit jemandem geredet hat.«

»Mit wem denn?«

»Mit Vater jedenfalls nicht; es muss Onkel Simi gewesen sein.«

»Hast du gehört, was sie gesagt haben?«

»Nein. Vielleicht habe ich es auch nur geträumt.«

Flavia fächelte sich mit der Hand Luft zu. »Auch wenn er durcheinander ist, Jonathan rennt doch nicht einfach weg. Lupus ja, aber nicht Jonathan. Kann es sein, dass er eine Nachricht hinterlassen hat?«

»Ich weiß nicht«, erwiderte Miriam. »Vater und ich wollten gerade nachsehen, als Bato, der Magistrat, mit seinen beiden Soldaten an die Tür klopfte. Diesmal sahen sie wütend aus. Sie durchsuchten das Haus und fanden …« Miriam fing an zu weinen.

»Was?«, fragte Flavia. »Was haben sie gefunden?«

»Sie haben in der Küche ein paar Büschel langer Haare gefunden. Onkel Simi muss sie sich abgeschnitten und versucht haben, sie auf dem Herd zu verbrennen. Aber er hat nicht alle verbrannt, und Bato hat gesagt, das sei ein Beweis. Dann hat er Vater festgenommen.«

»O Pollux!«, murmelte Flavia. Sie stand auf und ging zum

Springbrunnen. »Vielleicht...«, sagte sie nachdenklich. »...vielleicht haben Simeon und Jonathan die Soldaten kommen sehen und sich irgendwo versteckt. Am besten gehen wir zu dir nach Hause und suchen nach Spuren.«

»Was heißt hier nach Spuren suchen!« Miriams Stimme klang beinahe hysterisch. »Wir müssen Vater helfen, womöglich foltern sie ihn!«

»Mach dir keine Sorgen«, erwiderte Flavia. »Ich glaube nicht, dass sie Freigeborene foltern, das machen sie nur mit Sklaven. Es hat sowieso keinen Zweck, zur Basilika zu gehen. Sie würden uns Mädchen doch gar nicht zuhören. Wenn bloß Onkel Gaius hier wäre. Der könnte mit dem Magistrat reden.«

»Gaius kehrt frühestens in einer Woche zurück«, sagte Miriam.

»Ich weiß«, sagte Flavia. »Was ist mit Aristo? Miriam, bleib du hier und warte, falls Aristo früher von der Jagd zurückkehrt. Erzähl ihm, was passiert ist. Er kann dann zum Forum gehen und herausfinden, wo dein Vater ist. Nubia und ich sehen inzwischen bei euch zu Hause nach, ob Jonathan eine Nachricht hinterlassen hat.«

»Ich will aber nicht allein sein«, erwiderte Miriam zaghaft.

»Alma und Caudex sind doch da. Und die Hunde«, sagte Flavia. »Schau! Da kommt Alma und bringt noch mehr Gerstenwasser. Alma, würdest du dich um Miriam kümmern?«

»Natürlich«, antwortete Flavias früheres Kindermädchen, eine fröhliche, wohlgenährte Frau. »Hilfst du mir mit den Erbsen, Miriam?«

Miriam nickte.

»Danke, Alma«, sagte Flavia. »Los komm, Nubia. Lass uns nach Spuren suchen.«

Flavia fand Jonathans Wachstafel offen auf Mordecais Schreibtisch. Sie erkannte sie an den roten und blauen Streifen am Rand. Sie hob die Tafel vorsichtig auf, denn die Spätvormittagssonne hatte das weiche Bienenwachs zum Schmelzen gebracht. Nur der obere Teil, der im Schatten gelegen hatte, war noch lesbar.

Allerdings auf Hebräisch. Also kehrten sie mit der Tafel zu Flavias Haus zurück.

»Ja, ich kann es lesen«, sagte Miriam, die in der schattigen Ecke des Peristyls saß und mit Alma Erbsen aus den Hülsen puhlte. Flavia ließ die Wachstafel auf den Tisch gleiten.

»Halt! Nicht berühren!«, rief Flavia, als Miriam sie vom Tisch nehmen wollte. »Jonathan hat sie offen liegen lassen, damit sein Vater darauf aufmerksam wird, aber in der Sonne ist das Wachs geschmolzen. Wenn du die Tafel schräg hältst, läuft das flüssige Wachs über die Buchstaben, und dann ist nichts mehr zu erkennen.«

»Also gut«, sagte Miriam und beugte sich vor. »Da steht: ›Bin nach Rom gefahren. Bitte …‹« Miriam blickte zu den anderen auf. »Mehr steht da nicht«, sagte sie.

»Kannst du nicht noch mehr erkennen?«, fragte Flavia. »Ist das da ein Wort?«

Miriam beugte ihren Lockenkopf über die Tafel und schaute genauer hin. »Es könnte ›Simeon‹ heißen«, sagte sie zögernd. »Aber ich bin mir nicht sicher.«

»Sonderbar«, murmelte Flavia und ging im Schatten des Peristyls auf und ab. »Wieso sollte Jonathan plötzlich nach Rom fahren? Und was hat das mit Simeon zu tun?« Plötzlich blieb sie still wie eine Statue stehen. »Vielleicht«, überlegte sie, »ist Simeon ja wirklich ein Auftragsmörder und ein Feind deines Vaters! Womöglich hat er Jonathan aus Rache entführt und ihn gezwungen, diese Nachricht zu schreiben? Oder vielleicht hat er ihn irgendwie überlistet, damit er mit ihm weggeht?« Trotz der großen Hitze fröstelte Flavia plötzlich. »Wenn Simeon bloß ein Kurier ist, wie er behauptet, wozu braucht er dann Jonathan? O Pollux! Das ist wirklich mysteriös.« Flavia trat aus dem Schatten des Peristyls und ging zum Springbrunnen hinüber. »Bei der Hitze kann man gar nicht richtig denken«, murmelte sie und labte sich an dem kalten Wasserstrahl. »Plan, Plan, wir brauchen einen Plan …« Sie wischte sich den Mund ab, dann spritzte sie sich Wasser ins Gesicht und auf den Nacken. »Wir müssen Jonathan finden und ihm helfen.« Plötzlich hielt sie inne und drehte sich langsam um. »Nubia«, sagte sie mit leuchtenden Augen, »hättest du Lust, die Ewige Stadt zu besuchen?«

SCHRIFTROLLE VII

Innerhalb des römischen Tores von Ostia stand ein langer steinerner Wassertrog, an dem die Fuhrleute ihre Maultiere tränkten. Große Schirmkiefern warfen ihre kühlen Schatten auf den Trog und die umliegende Fläche. Hier im Schatten standen ein kleiner Altar zu Ehren des Gottes Merkur, ein Klapptisch und mehrere Bänke.

Gleich hinter dem Trog befanden sich die Taverne und die Ställe der Fuhrleute und auf der anderen Straßenseite ihre eigenen Thermen. Wenn sie gebadet und sich satt gegessen hatten, warteten sie hier im Schatten auf den nächsten Fahrgast, der nach Rom wollte.

Es war fast Mittag und nur zwei Fuhrleute saßen noch am Tisch. Sie spielten das Knöchelspiel und beobachteten dabei das Geschehen ringsum. In den Ästen der Schirmkiefern hoch über ihnen zirpten träge die Zikaden. Die Hitze war unerträglich. Selbst im Schatten schwitzten die Männer.

»Ich kann mich nicht erinnern, dass es nach den Iden des September schon mal so heiß war«, hörte Flavia den kahlköpfigen Mann zu seinem Freund sagen.

»Daran ist bloß der Vulkan schuld«, erwiderte der andere Mann, dessen kurze Tunika die haarigsten Beine enthüllte, die Flavia je gesehen hatte. »Seitdem der ausgebrochen ist, hat sich das Wetter verändert. Hast du die merkwürdigen Sonnenuntergänge gesehen?«

»Klar, wer hat das nicht?« Der Kahle griff nach seinem Weinbecher. »Und heute früh war der Himmel grün. Die Leute sagen, es gäbe ein schlechtes Erntejahr. Sogar von einer Dürre ist die Rede.«

»Die Weinreben haben schon die Braunfäule«, sagte der Haarige, warf die Knöchel auf den Tisch und schüttelte sich vor Ekel.

Auch der Kahle machte ein angewidertes Gesicht, als er den Wein probierte. »Der Wein dieses Jahr kann auch nicht schlechter werden als der hier«, sagte er und stellte seinen Becher hin. »Das Zeug schmeckt ja wie Esel …«

»Ähäm!« Der Haarige räusperte sich laut und deutete mit dem Kinn auf die beiden Mädchen.

»Kann ich euch helfen?«, fragte der Kahle.

»Ja, bitte«, antwortete Flavia höflich. Sie trug ihre leichteste blaue Tunika und einen breitkrempigen Strohhut, aber schon jetzt rann ihr der Schweiß in Strömen über den Rücken. »Wir möchten gern nach Rom fahren.«

Die beiden Männer warfen sich einen amüsierten Blick zu.

»Fahrgeld habe ich«, versicherte Flavia und nahm eine stolze Haltung ein. »Ich glaube, der übliche Preis beträgt zwanzig Sesterzen.«

»Das stimmt.« Der Haarige hob seine Knöchel auf und warf sie noch einmal. »Venus oder nichts«, murmelte er dem Kahlen zu, und zu den Mädchen sagte er: »Ich schlage vor, ihr kommt morgen früh wieder. Die beste Abfahrtszeit ist gleich nach Tagesanbruch.«

»Aber wir müssen heute fahren.« Flavia versuchte, möglichst selbstbewusst zu klingen.

Der Haarige blickte zu ihr auf. »Manche Fuhrleute fahren ein paar Stunden vor Sonnenuntergang«, sagte er. »Aber die haben meistens Waren geladen.«

Flavia wusste, dass sie Aristo um Erlaubnis bitten musste, wenn sie bis Sonnenuntergang warteten. Und der würde Nein sagen.

»Wir müssen so bald wie möglich los«, erklärte sie, aber ihre Entschlossenheit geriet bereits ins Wanken. Vielleicht sollten wir lieber nicht nach Rom fahren, schien ihr eine Stimme zuzuflüstern. Schließlich war Lupus noch nicht zurückgekehrt. Und Miriam war allein. Vielleicht war die ganze Sache doch zu unüberlegt.

»Es ist Mittag«, wandte der Kahle ein. »Die heißeste Tageszeit am heißesten Tag des Jahres. Nur ein Verrückter würde bei dieser Hitze nach Rom aufbrechen.«

»Oder jemand mit einer dringenden Lieferung für den Kaiser«, sagte eine Stimme hinter ihnen.

Flavia und Nubia drehten sich um. Ein junger Mann in einer braunen Tunika, wie sie die Fuhrleute trugen, stand hinter ihnen. Er hatte runde grüne Augen, eine Stupsnase und stoppeliges braunes Haar. Er erinnerte Flavia an eine Katze.

»Wovon sprichst du, Feles?«, fragte der Kahle lachend. »Seit wann lieferst du zum Palatin?«

Feles ging darauf nicht ein. »Ich sehe, du bist ein Mädchen aus gutem Hause«, sagte er mit einem höflichen Lächeln zu Flavia. »Ich will gerade mit einer Ladung frischer Früchte nach Rom aufbrechen, bevor sie verderben. Es ist keine große Ladung und ich habe noch Platz im Wagen. Wenn es euch nichts ausmacht, etwas beengt zu reisen, nehme ich euch für nur zehn Sesterzen mit.«

»Äh ... nun ja ...«, stammelte Flavia.

»Jetzt hat sie sich's doch anders überlegt.« Der Kahle lachte und schüttelte den Kopf. »So sind die Frauen.«

Flavia starrte ihn zornig an und wandte sich an Feles. »Wir nehmen Euer freundliches Angebot natürlich gerne an.«

»Gut«, erwiderte Feles. »Da bin ich wenigstens in netter Gesellschaft. Mein Wagen ist gleich da neben dem Trog. Wenn wir – wer ist das denn?«, fragte er, als Caudex mit zwei Schultertaschen auf sie zugetrottet kam.

»Das ist unser Leibwächter«, sagte Flavia. »Ihr glaubt doch nicht, wir wären so dumm, allein nach Rom zu fahren?«

»Schon mal in Rom gewesen?«

Flavia schüttelte den Kopf. Sie saß vorn neben Feles. Nubia und Caudex hockten hinten im Schatten der Segeltuchplane, die über den Wagen gespannt war.

Sie hatten Ostia auf einer glühend heißen, menschenleeren Straße verlassen. Zuerst waren sie an den Gräbern der Reichen vorbeigekommen, später an den von Schilf und Papyrus dicht umwachsenen Salzebenen. Dann führte die Straße auf einer Art Damm aufwärts. Neben der Straße ragte der aus roten Ziegelsteinen erbaute Aquädukt auf, der Wasser von den Hügeln nach Ostia transportierte. Nachdem sie die Sümpfe hinter sich gelassen hatten, ging es an vereinzelten, von Melonen- und Kohlbeeten umgebenen Gehöften vorbei. Unterhalb der Aquäduktbögen waren kleine Gemüsegärten angelegt, die so bunt aussahen wie Flickendecken.

Flavia blickte sich nach Nubia und Caudex um. Sie saßen mit dem Rücken zur Fahrtrichtung an Holzkisten gelehnt. Flavia konnte nur Nubias Schulter und Arm sehen. In den Kisten lagen Früchte, von denen Flavia zwar schon gehört, die sie aber noch nie gesehen hatte: Orangen. Sie hatten eine wunderschöne Farbe und dufteten einfach himmlisch. Flavia hätte gern eine probiert, aber Feles hatte es ihr nicht erlaubt. Er sagte, sie seien genauso wertvoll wie Gold. »Zwölf Kisten mit je vierzig Orangen, das sind 480 Früchte. Wenn auch nur eine fehlt, kriege ich die Peitsche zu spüren.«

Feles erkundigte sich bei Flavia, was sie denn mit Nubia in Rom wollte.

»Wollt ihr zu den Ludi Romani und euch die Wagenrennen ansehen? Oder ein paar Spiele?«

Flavia schüttelte den Kopf und klammerte sich am Wagen fest, als er über eine holprige Stelle ratterte. »Nein, wir wollen Verwandte besuchen.«

»Aber so ein Rennen solltet ihr euch ansehen, wenn ihr das erste Mal in Rom seid. Und das neue Amphitheater auch. Titus will es noch rechtzeitig zu den Saturnalien fertig stellen, aber ich glaube nicht, dass er das schafft. Auch nicht mit zweitausend Sklaven, die von morgens bis abends daran arbeiten.«

Feles entkorkte eine Kürbisflasche mit den Zähnen und stillte seinen Durst. Dann hielt er Flavia die Flasche hin. Als sie getrunken hatte, wollte sie ihm die Flasche zurückgeben. Feles schüttelte den Kopf. »Lass Nubia und den Koloss die Flasche leer trinken. Dahinten, wo die Zypressen stehen, gibt es eine Taverne und einen Brunnen. Dort fülle ich die Flasche auf und wir machen eine kleine Pause.«

Flavia reichte Nubia die Flasche nach hinten, dann blinzelte sie ins Sonnenlicht. Sie konnte bloß dunkle, flammenförmige Flecken über den flirrenden Hitzewellen auf der Straße sehen.

»Die Bäume sehen aus, als schwebten sie in der Luft«, sagte sie.

»Das täuscht. Das kommt von der Hitze. So was gibt's auch in der Wüste. Hab ich Recht, Nubia?«

»Ja. Wie Wüste«, ertönte eine Stimme hinten aus dem Wagen. Sie ging im Getrappel der sechzehn Hufe auf dem Straßenpflaster beinahe unter.

»Woher wisst Ihr, dass Nubia aus der Wüste kommt?«, fragte Flavia.

»Das sieht man doch, oder nicht?« Feles grinste. »Außerdem besitze ich einen detektivischen Scharfsinn. Ich habe dir sofort angesehen, dass du aus gutem Hause stammst. Und an der Art, wie der Koloss dasteht, sehe ich, dass er früher Gladiator war.«

»Das stimmt!«, sagte Flavia staunend. »Feles, sagt Euch der Name Simeon etwas? Simeon ben Jonah?«

»Der Name klingt jüdisch«, erwiderte Feles.

»Ja, es ist ein jüdischer Name.«

Feles lachte. »Na«, sagte er, »da werdet ihr aber alle Hände voll zu tun haben, wenn ihr in Rom nach einem Juden suchen wollt. Ich habe dir doch eben von den zweitausend Sklaven erzählt?«

»Ja ...«

»Das sind alles Juden. Titus hat sie bei der Eroberung Jerusalems vor ein paar Jahren gefangen genommen. Nein, warte. Vor mehr als zehn Jahren. Wie die Zeit vergeht …«

Flavia runzelte die Stirn. »Ich dachte, Titus hätte die jüdischen Sklaven nach Korinth gebracht.«

»Ja, einige kamen nach Korinth. Aber es waren ja so viele. Die starken und gut aussehenden hat Titus nach Rom gebracht.« Feles kicherte vor sich hin. »Und die hübschesten …«

»Was wollt Ihr damit sagen?«

»Diese jüdischen Frauen«, erwiderte Feles und schüttelte bewundernd den Kopf, »sind die schönsten Frauen auf der ganzen Welt.« Er sah Flavia von der Seite an und fügte stolz hinzu: »Meine Freundin ist auch Jüdin. Sie ist bildhübsch. Huldah heißt sie. Sie ist Sklavin im kaiserlichen Palast auf dem Palatin.«

Flavia wurde hellhörig und starrte ihn an. »Dann sind einige Frauen aus Jerusalem in den Kaiserpalast gebracht worden?«

»Ja, ungefähr zweihundert«, antwortete Feles. »Alle aus gutem Haus.« Er wischte sich den Schweiß von der Stirn. »Diese Hitze! Es ist doch sonst nicht so heiß um diese Jahreszeit. Wie geht es euch da hinten?«, rief er.

Caudex brummte etwas, und Nubia antwortete: »Gut.«

»Wir machen gleich eine Pause«, sagte Feles. »Dann könnt ihr die Plätze wechseln.«

Der Wagen rollte weiter, bis sie in den wohltuenden Schutz der hohen Zypressen gelangten. Die Maultiere liefen schneller. Sie witterten Wasser und grünen Schatten.

»Die Taverne liegt ungefähr auf halbem Weg nach Rom«, erklärte Feles. »Siehst du den Meilenstein? Von dort sind es noch sieben Meilen. Wir brauchen also noch etwa zwei Stunden.«

Als sie später im Schatten der Zypressen und Kiefern standen und kühles Brunnenwasser tranken, nahm Flavia Nubia beiseite.

»Nubia«, flüsterte sie. »Hast du gehört, was Feles gesagt hat?

In Titus' Palast gibt es eine Menge weiblicher Sklaven aus Jerusalem. Vielleicht ist eine dabei, die weiß, wie Jonathans Mutter gestorben ist. Und wenn ich das herausbekomme, dann erfährt Jonathan es vielleicht auch.«

SCHRIFTROLLE VIII

Nach der kurzen Pause bei der Taverne durfte Nubia vorn neben Feles sitzen, während Flavia hinten im Wagen neben Caudex Platz nahm. Die Straße führte jetzt steiler bergauf und der lang gestreckte Aquädukt führte Flavias Blick zurück nach Ostia. Der rote Leuchtturm mit seiner dunklen Rauchfahne, die senkrecht in den Himmel stieg, sah auf die Entfernung winzig klein aus.

Sie fuhren durch Pappel-, Eschen- und Erlenwälder. Dann war Ostia nicht mehr zu sehen. An jedem anderen Tag hätte die schattige Straße wunderbare Abkühlung gebracht, aber heute war Flavias blaue Tunika schon so verschwitzt, dass sie ihr am Rücken festklebte.

»Caudex?« Flavia flüsterte, weil Caudex die Augen geschlossen hatte.

Er antwortete nicht, und es dauerte nicht lange, bis auch sie einnickte. Ab und zu wurde sie aus dem Schlaf gerissen, wenn der Wagen die tiefen Furchen der gepflasterten Straße verließ und dabei hin und her schaukelte. Das Rattern der Räder war hier hinten lauter als vorn, und Flavia war froh, dass sie nicht auch noch mit Eisen bespannt waren.

Einmal fiel sie kurz in einen Traum: Sie lief mit Jonathan und Nubia suchend zwischen den Gräbern außerhalb Ostias umher. Da hörte sie eine Stimme nach ihr rufen und sah auf. Ein kleines dunkelhaariges Mädchen in orangefarbener Tunika lief oben auf der Stadtmauer vom Laurentum-Tor bis zum Brunnentor.

Es war ihre Freundin Clio aus Stabia. Sie war in Herculaneum eingeschlossen gewesen, als der Vulkan ausbrach, und niemand wusste, ob sie überlebt hatte. Aber in Flavias Traum war sie am Leben und lief lachend von der einen Seite der Mauer zur anderen. Jetzt müsste Lupus da sein, sagte Flavia zu Nubia im Traum. Wo ist er nur?

Lupus hing in der prallen Sonne, unfähig, die Fliegen zu verscheuchen, die auf seinem Mund und seiner Nase saßen. Er hatte die ganze Nacht dazu gebraucht, seinen rechten Arm von hinten nach vorn zu schieben, aber er brachte die Hand nicht zum Gesicht. Jetzt war es nach Mittag, und er hatte immer wieder laut gerufen, bis er fast keinen Ton mehr herausbekam. Nun wagte er es nicht mehr, seinen zungenlosen Mund zu öffnen, aus Angst, eine der großen Pferdebremsen könnte hineinkriechen und ihn ersticken. Also kniff er die Lippen zusammen und versuchte, durch die Nase zu atmen.

Es hätte sowieso keinen Sinn gehabt zu rufen, weil seine Stimme nicht mehr mitmachte. Alles, was er tun konnte, war, sich über seinen Wutausbruch zu ärgern und zu beten, dass der Fallensteller bald nach seinem Netz sah.

Etwas weckte Flavia auf, und es dauerte einen Moment, bis sie begriff, was es war: Der Wagen war stehen geblieben. Sie hörte Stimmen und rieb sich die Augen. Ihr Mund war trocken, und an den Zehen, die während der letzten paar Meilen der Sonne ausgesetzt waren, hatte sie einen Sonnenbrand.

»Da wären wir«, sagte Feles von vorn. »Das ist die große Stadt Rom. Fahrzeuge werden jetzt noch nicht hineingelassen, erst in ein oder zwei Stunden. Wenn ihr eure Verwandten noch vor Sonnenuntergang besuchen wollt, dann geht ihr am besten zu Fuß weiter. Gleich hinter dem Stadttor könnt ihr auch eine Sänfte mieten.«

»Danke«, sagte Flavia und war froh, als Caudex sie aus dem Wagen hob. Sie zupfte sich ihre festgeklebte Tunika vom Rücken, dann streckte sie sich und blickte sich um. Grabstätten und Schirmkiefern säumten die Straße und warfen lange Schatten. Es war später Nachmittag. Schon standen die Pferdewagen Schlange, die darauf warteten, am Abend in die Stadt eingelassen zu werden. Weiter hinten sah Flavia ein weißes Tor mit drei Bögen. Nicht weit davon entfernt, zwischen den Gräbern am Straßenrand, stand eine weiße Marmorpyramide, die fast so hoch war wie die Stadtmauer.

Nubia trat neben Flavia. Sie trug immer noch Flavias breitkrempigen Sonnenhut auf dem Kopf und lächelte.

»Na, hat es dir gefallen, vorn zu sitzen?«, fragte Flavia.

Nubia nickte und nahm den Hut ab. »Feles hat mich die Zügel halten lassen. Und er hat mir erzählt, wie die Maultiere heißen: Pudes, Podagrosus, Barosus und Potiscus.«

»Weißt du, was die Namen bedeuten?«, fragte Flavia.

»Und ob sie das weiß«, sagte Feles grinsend und lehnte sich gegen den Wagen. »Zeig uns mal, wie Barosus geht.«

Nubia drückte Flavia den Sonnenhut in die Hand und trippelte in zierlichen Schritten die Straße entlang. Flavia musste lachen.

»Und das ist Podagrosus«, sagte Nubia und kehrte schwerfällig hinkend wieder zurück. »Und das Potiscus.« Sie schwankte die letzten paar Schritte, als sei sie beschwipst.

Flavia wandte sich lachend zu Feles um. »Vielen Dank fürs Mitnehmen. Hier sind zwanzig Sesterzen.«

Feles trat vor und nahm die Münzen entgegen. »Ich dachte, wir hätten uns auf zehn geeinigt«, wunderte er sich, und seine Katzenaugen wurden ganz rund.

»Das war, bevor Ihr wusstet, dass Caudex mitkommt«, erwiderte Flavia. »Also hat es schon seine Ordnung.«

»Danke, Flavia Gemina«, sagte Feles. »Ich werde dich nicht vergessen. Sollstest du je wieder einen Fuhrmann benötigen – oder sonstige Hilfe –, dann frag einfach nach mir. Ich wohne meistens in der Taverne zur Eule gleich hinter dem Stadttor, in der Nähe von Cestius' Grab, dieser großen weißen Pyramide da drüben.«

»Danke«, sagte Flavia. »Vielleicht sehen wir uns mal wieder.« Sie winkte und machte sich mit Caudex und Nubia auf den Weg, um an den Gräbern und wartenden Pferdewagen vorbei zum Stadttor zu gehen.

»Flavia Gemina!«

Flavia drehte sich um. »Ja?«

Feles warf ihr etwas nach, das aussah wie ein Ball. Flavia fing es auf und war verblüfft, als sie sah, was es war.

»Eine Orange! Aber Ihr habt doch gesagt ...«

»Schon gut!«, rief Feles grinsend. »Ich sage einfach, eine oder zwei seien verfault gewesen.«

»Wo sollen wir denn heute Nacht schlafen?«, fragte Nubia.

»Ich habe Verwandte hier in Rom«, erwiderte Flavia und blickte sich um. »Wir haben sie zwar ewig nicht mehr gesehen, aber ich bin sicher, sie schicken niemanden aus ihrer eigenen Familie weg.« Sie gab sich möglichst zuversichtlich – dabei betete sie insgeheim, nicht irgendwo auf der Straße übernachten zu müssen.

In der Mitte des überfüllten Platzes vor ihnen plätscherte ein großer Marmorspringbrunnen. Zwei Hauptstraßen führten von der gegenüberliegenden Seite des Platzes nach Rom hinein – keine glänzende Stadt aus Marmor und Gold, sondern eine Zusammenballung von Wohnhäusern mit roten Dächern und abblätterndem Putz in den verschiedensten Farbtönen: gelblich grau, aprikosen-, karotten- und senffarben. Obwohl die hohen Gebäude lange violette Schatten auf den Platz warfen, hüllte die Hitze Rom ein wie eine stickige Wolldecke. Der Gestank von Eseldung, Abwässern und Schweiß war fast nicht auszuhalten.

Flavia atmete durch den Mund und blickte um sich. Rechts neben dem Tor stand eine lange Reihe Sänftenträger, die darauf warteten, Leute in die Stadt zu bringen. Links daneben befanden sich an der hohen Stadtmauer drei Altäre: einer für Merkur, für diejenigen, die auf Reichtum hofften; einer für Venus, für die, die sich nach Liebe sehnten; und einer für Fortuna, für die, die sich allgemein Glück erhofften.

Flavia schaute sich die Orange in ihrer Hand an, eine seltene und kostbare Frucht, die sie noch nie probiert hatte. Sie seufzte.

»Wartet hier einen Moment«, sagte sie zu Nubia und Caudex und bahnte sich einen Weg durch den Eseldung bis zu einem der Altäre. Als sie davor stand, verneigte sie sich.

»Liebe Fortuna, Göttin des Erfolgs«, flüsterte sie. »Bitte beschütze uns und hilf uns, damit wir einen Schlafplatz finden und uns nicht verlaufen oder bestohlen werden. Und hilf uns, unseren Freund Jonathan zu finden.« Flavia legte die wertvolle Orange in den Miniaturtempel zwischen andere Opfergaben wie Blumen, Kupfermünzen und Früchte.

Da zupfte jemand am Saum ihrer Tunika. Flavia blickte hinab und erschrak.

Aus einem Haufen alter Lumpen neben dem Altar tauchte ein hageres Gesicht mit schrecklichen Brandwunden auf der einen Seite auf.

»Bitte«, krächzte der Bettler, »ich habe alles verloren, als der Berg explodiert ist. Bitte hilf…«

»Tut mir Leid.« Flavia wich angewidert zurück. Sie drehte sich um und schob sich durch eine Gruppe Frauen, die sich plötzlich versammelt hatten, um am Altar der Venus ihre Opfergaben darzubringen.

»Hoffentlich haben wir genug Geld für eine Sänfte«, murmelte sie Nubia zu, dann wandte sie sich an Caudex. »Caudex, es macht dir doch nichts aus, zu Fuß nebenherzugehen, oder?«

Caudex schüttelte den Kopf. »Hab lange genug gesessen«, erklärte er. »Muss mir sowieso die Beine vertreten.«

»Ich dachte, du müsstest dringend den Kaiser sprechen«, sagte Jonathan und warf seine Schultertasche auf das niedrige Bett.

»Das stimmt«, erwiderte Simeon. »Aber ich muss vorsichtig sein.«

Er sah sich in dem Zimmer um und seufzte. »Besser als nichts. Warte du hier. Ich bin so schnell wie möglich zurück.« Er ging hinaus und schloss die schäbige Tür hinter sich.

Jonathan stand mitten in einem kleinen Zimmer eines billigen Mietshauses. In dem Zimmer war es zwar dunkel, aber trotzdem heiß. Und laut. Obwohl es im fünften Stock lag, konnte Jonathan deutlich die Menschen auf der Straße unten hören. Er trat ans Fenster und drückte gegen die Holzfensterläden. Der eine war eingerostet und ließ sich nicht öffnen, aber der andere gab schließlich mit einem ohrenbetäubenden Quietschen nach. Das Licht der heißen Spätnachmittagssonne flutete herein.

Jonathan blinzelte und beugte sich aus dem Fenster. Unten auf der Straße war Markt. An den meisten Ständen wurden Stoffe angeboten. Jonathan konnte die Marktschreier hören und die leiseren Stimmen der Kunden, die zu feilschen versuchten, das Wasser eines Springbrunnens, das auf den Gehsteig spritzte, und sogar das Klimpern von Geldmünzen.

Es war, als ob das Straßenpflaster und die Backsteinmauern die Geräusche verstärkten und gebündelt zu Jonathan hinaufwarfen. Er beugte sich noch weiter hinaus und schirmte mit der Hand die Augen gegen das grelle Sonnenlicht ab. Das Fenster musste nach Westen liegen, denn er konnte die Sonne über den roten Ziegeldächern untergehen sehen.

Tief unter sich sah er Simeons Kopf und Schultern aus dem Gebäude auftauchen. Dann ging Simeon langsam die Straße hinauf. Hin und wieder blieb er stehen und sprach mit einem Marktverkäufer, dann ging er weiter. Jonathan sah seinem Onkel nach, bis er aus seinem Blickfeld verschwunden war.

Er schloss den Fensterladen und legte sich auf eines der Betten.

Die Matratze hatte eine klumpige Füllung und roch nach saurem Heu, aber es tat gut, sich auszuruhen.

Jonathan starrte zur Decke und ließ sich die Ereignisse des Tages noch einmal durch den Kopf gehen.

Am Abend zuvor hatte ihm sein Onkel etwas beinahe Unglaubliches mitgeteilt: Seine Mutter sei möglicherweise am Leben! Jonathan hatte Simeon angefleht, ihn mit nach Rom zu nehmen. Aber sein Onkel wollte nichts davon hören. Das sei viel zu gefährlich.

Jonathan hatte die ganze Nacht nicht schlafen können, und als er seinen Vater und Miriam vor Sonnenaufgang weggehen hörte, hatte er sich schnell angezogen und war nach unten gegangen. Simeon war gerade dabei gewesen, sein verschandeltes Haar und seinen Bart mit Mehl einzupudern.

»Warum machst du das?«

»Damit mein Haar grau aussieht.«

»Bitte, nimm mich doch mit«, bettelte Jonathan. »Wenn du mich dabeihast, fällst du nicht so leicht auf.«

»Nein.«

»Was ist mit meinem Traum? Simeon. Ich muss mit dir gehen.«

Sein Onkel zögerte.

»Wie alt warst du, als du das erste Mal dein Leben beim Kampf für die Zeloten aufs Spiel gesetzt hast?«, fragte Jonathan.

»Du könntest sterben.«

»Das ist mir egal. Ich folge dir, ob du mich mitnimmst oder nicht«, erwiderte Jonathan. Und er meinte es ernst.

Simeon seufzte und nickte.

Und so hatten sie sich als Großvater und Enkel ausgegeben und sich in einem Wagen, der mit Brot beladen war, nach Rom bringen lassen. Niemand achtete auf sie, auch nicht die Soldaten, die das Stadttor bewachten.

Jetzt war Jonathan in Rom. Eine Meile – oder vielleicht auch zwei – von seiner Mutter entfernt. Sein Herz klopfte heftig, als er daran dachte. War es wirklich möglich, dass sie lebte? Jonathan holte tief Luft, schloss die Augen und versuchte, sich an das Gesicht der Frau aus seinem Traum zu erinnern.

Da kitzelte ihn etwas an der Nase und er wischte es weg. Wieder kitzelte es. Jonathan öffnete die Augen. Er zuckte zusammen, als ihm feiner Putz in die Augen rieselte.

Hustend setzte er sich auf und rieb sich die Augen. Der feine Staub kam aus einem Riss in der Decke über seinem Bett. Ihm wurde bewusst, dass er schon eine ganze Weile wütende Stimmen von oben hörte. Die Stimmen eines Mannes und einer Frau. Er konnte sie auch herumtrampeln hören.

Jonathan bekam es plötzlich mit der Angst zu tun. Er hatte von nachlässig gebauten Mietshäusern gehört, die ohne Vorwarnung einstürzen konnten. Er befand sich in einer fremden Stadt, und es gab nur einen Menschen, der wusste, wo er war. Wenn das Haus einstürzte, würde niemand seine Leiche identifizieren können. Vorausgesetzt, sie wurde überhaupt gefunden.

»Reiß dich zusammen!«, murmelte Jonathan. »Sei nicht so ein Pessimist!«

Trotzdem verzog er sich vorsichtshalber in die dunkelste Ecke des Raumes und kauerte sich dort nieder. Er rechnete jeden Moment damit, dass das streitende Paar durch die Decke auf sein Bett krachen und das ganze Gebäude zum Einsturz bringen würde. Jonathan holte sein Taschentuch hervor und drückte es auf sein Gesicht. Er schloss die Augen, atmete den Limonenduft ein und betete.

SCHRIFTROLLE IX

Nubia machte es sich auf der Sänfte neben Flavia bequem. Sie hatte das Gefühl, auf einem schwebenden Sofa zu liegen. Als sie aufgebrochen waren, hatten sie zunächst die Leinenvorhänge zugezogen, aber die Hitze und der Geruch des billigen Parfüms, der noch vom vorherigen Insassen im Stoff haftete, waren unerträglich gewesen. Sobald sie den übel riechenden Platz am Tor mit den drei Bögen hinter sich gelassen hatten, hatte Flavia die Vorhänge zurückgezogen, und die kühle Abendbrise ließ sie endlich wieder durchatmen. Dann hatten sie sich zurückgelehnt, um Rom an sich vorbeiziehen zu sehen.

Zunächst säumten lärmende Marktstände die breite Straße, durch die sie getragen wurden. Auch in den engen Seitenstraßen war Markt, wobei die meisten Verkäufer schon anfingen zusammenzupacken. Einige verkauften Gewürze, andere Metallgegenstände oder Töpferwaren. Die trällernden Töne einer Flöte lenkten Nubias Blick in eine Seitenstraße, wo nur Musikinstrumente verkauft wurden. Doch sie waren schon vorüber, bevor sie genauer hinsehen konnte.

Die sich anschließenden Stände schienen hochwertigere Produkte zu verkaufen. Auch die Fußgänger waren hier besser gekleidet. Die Stände wurden abgelöst von Geschäften, die entweder im Erdgeschoss der Gebäude lagen oder als Säulenhalle angebaut waren.

Dann ging es um eine Kurve und sie hatten die Sonne im Rücken. Die Schräglage der Sänfte und das Schnaufen der Träger ließen Nubia vermuten, dass es einen Hang hinaufging. Eine andere Sänfte wurde in entgegengesetzter Richtung vorbeigetragen. Nubia drehte sich staunend um. Sie wurde von vier hoch gewachsenen Äthiopiern mit pechschwarzer Haut getragen. Die hauchdünnen Vorhänge dieser Sänfte waren zugezogen, aber Nubia nahm einen moschusartigen, exotischen Duft wahr – Patschuli.

Hier oben gab es Bäume, uralte Schirmkiefern, die hinter Mauern aufragten und auf schattige Gärten schließen ließen. Jetzt bestanden die Geschäfte nur noch aus Vorhallen mit rotweißen Säulen und Flügeltüren. Von manchen Häusern blätterte der Putz ab, doch Nubia war klar, dass das nichts zu sagen hatte. Römische Häuser präsentierten täuschend einfache Fassaden mit kleinen Gitterfenstern und schweren Türen. Aber Nubia wusste inzwischen, dass sich hinter diesen Türen begrünte Innenhöfe, plätschernde Springbrunnen, Mosaiken und Marmorsäulen verbargen und dass dort reiche, elegant gekleidete Männer und Frauen wohnten.

Es ging Nubia durch den Sinn, dass sich hinter jeder Tür ein anderes Schicksal abspielte und dass es hunderte, vielleicht tausende von Türen in dieser großen, fremden Stadt gab. Überwältigt von diesen Eindrücken, ließ sie sich auf das schmierige Kissen zurücksinken.

»Ist alles in Ordnung, Nubia?«

Nubia nickte. Sie wollte Flavia sagen, dass ihr manchmal alles, was sie in den letzten Monaten erlebt hatte, wie ein Traum vorkam. Sie hatte dann das Gefühl, jeden Moment in ihrem Zelt in der Wüste aufzuwachen. Ihre Mutter würde ihr eine Schüssel schäumende Ziegenmilch bringen, ihre kleinen Brüder würden sich auf den Teppichen balgen und ihr Hund käme gähnend unter den Decken hervorgekrochen. Aber es fehlten ihr die Worte, um all das auszudrücken, also sagte sie nur: »Manchmal fühle ich mich wie in einem Traum.«

Flavia lächelte und drückte Nubias Hand. Dann drehte sie den

Kopf zur Seite und rieb sich das Auge, wie um ein Staubkorn fortzuwischen.

Die Sänftenträger gingen langsamer und hielten dann vor einer Vorhalle mit zwei einfachen weißen Säulen an. Im Hintergrund befand sich eine himmelblaue Flügeltür mit großen Messingziernägeln. Es gab keinen Hinweis darauf, was sich hinter der Tür befand.

»Da wären wir«, sagte der eine Sänftenträger. »Das ist das Haus von Senator Aulus Caecilius Cornix.« Er streckte die Hand aus, um Flavia aus der Sänfte zu helfen.

Kaum hatte Flavia den Boden berührt, wurde ihr Blick nach oben gelenkt. Hinter den Schirmkiefern verlief ein hoher Aquädukt, dessen Bögen im Licht der untergehenden Sonne rötlich leuchteten.

Flavia drehte sich zu dem Sänftenträger um und sagte so selbstsicher wie möglich: »Bitte geht noch nicht. Ich will erst sehen, ob jemand zu Hause ist.«

Der Mann nickte und half Nubia aus der Sänfte.

Flavia holte tief Luft, trat vor und klopfte laut mit dem Türklopfer an. Er bestand aus schwerem Messing und hatte die Form einer Frauenhand, die einen Apfel hielt. Flavia hörte drinnen das Echo des Türklopfers, dann vernahm sie zu ihrer Erleichterung schlurfende Schritte. Das rechteckige Guckloch wurde aufgeschoben und dunkle Augen musterten sie argwöhnisch.

»Ist die Herrin Cynthia Caecilia da?«, fragte Flavia in gewichtigem Ton.

»Wer ist da?«, knurrte der Türhüter.

»Flavia Gemina, die Tochter von Seekapitän Marcus Flavius Geminus«, antwortete Flavia. »Ihre Nichte.«

»Sie sind in die Toskana gefahren. Vor den Kalenden des Oktober kommen sie nicht zurück«, erklärte er. »Mir hat keiner etwas von Besuchern gesagt. Kommt in zwei Wochen wieder.«

»Nein! Wartet!«, rief Flavia, während ihr Wagemut dahinschwand. »Bitte lasst uns ein. Wir wissen nicht, wo wir sonst bleiben sollen, und es wird bald dunkel!«

»Tut mir Leid.« Das Guckloch wurde mit einem Ruck zugeschoben.

Panik schnürte Flavia die Kehle zu und sie drehte sich langsam zu Nubia und Caudex um.

Die Sänftenträger blickten sich an, dann trat der eine vor. »Tut mir Leid, aber du musst noch bezahlen«, sagte er. »Das macht vierzig Sesterzen.«

Da brach Flavia Gemina in Tränen aus.

SCHRIFTROLLE X

Lupus hörte ein seltsames Wimmern.

Er öffnete seine geschwollenen Augen, um zu sehen, woher das Geräusch kam. Aber alles, was er erkennen konnte, waren die rauen Hanfseile, die sein Gefängnis bildeten und gegen das rötliche Licht der untergehenden Sonne dunkel aussahen. Dann merkte er, dass das Wimmern aus seiner eigenen Kehle kam.

Immerhin hatten die Fliegen von ihm abgelassen. Er wollte um Hilfe rufen, aber sein Mund war völlig ausgetrocknet.

Er schloss die Augen wieder. Vielleicht war es am besten, einfach zu sterben. Dann hätte sein kurzes, elendes Leben endlich ein Ende. Es gab nur zwei Dinge, die er bedauern würde. Er würde nie herausfinden, ob Clio noch am Leben war. Und er würde sich nicht mehr für den Tod seiner Eltern rächen können.

Da riefen Stimmen nach ihm. Stimmen aus dem Jenseits? Lupus öffnete erneut die Augen.

Er konnte nur schwach den Gott erkennen, jung und bartlos, mit braunen Locken wie Merkur oder wie der Hirte. Der junge Gott gab ihm Wasser, das er mit einem Schlauch durch die Seile führte. Lupus spürte, wie das Wasser über seine geschwollenen Lippen spritzte und ihm erst übers Kinn und dann in den Mund lief. Wohltuendes Wasser.

»Lupus! Kannst du mich hören? Wie bist du bloß hierher gekommen? Was machst du nur für Sachen?«, sagte der Hirte. Oder war es doch Merkur? »Du kannst froh sein, dass wir hier vorbeigekommen sind. Ich wollte schon nach Hause gehen. Aber mein Freund Lysander hat ein Reh in diese Richtung rennen sehen.«

Plötzlich schaukelte Lupus und er fiel und starke Arme fingen ihn auf und schnitten das Netz auf und er spürte kaltes Wasser im Gesicht und endlich konnte er seine Augen wieder ganz öffnen.

Es war gar kein Gott. Es war sein Lehrer Aristo, das Gesicht gerötet von der Sonne, mit einem Paar Kaninchen über der Schulter. Er sagte etwas auf Griechisch zu seinem kleinen dunkelhaarigen Freund, dann lächelte er, als er Lupus' Gesichtsausdruck sah, und jetzt lachte er mit seinen strahlend weißen Zähnen, während er Lupus nach Hause trug.

Flavia saß auf dem sonnengewärmten Gehsteig, die Füße in einem römischen Rinnstein, und schluchzte. Nubia hockte sich neben sie und klopfte ihr tröstend auf den Rücken. Caudex, der immer noch ihre Taschen hielt, starrte den Sänftenträger begriffsstutzig an.

»Vierzig Sesterzen«, wiederholte der Träger mit einem kurzen Blick zu seinem Freund.

Flavia sah mit geröteten Augen zu ihm auf. »Wieso vierzig Sesterzen?«, fragte sie schluchzend. »Das ist ja doppelt so viel wie der Fahrpreis von Ostia nach Rom.«

»Sie hat Recht«, sagte eine Stimme hinter Flavia. »Ihr nehmt zehn Sesterzen und nicht mehr. Sonst muss ich Senator Cornix Meldung machen.« Die Stimme klang unbekümmert und selbstbewusst und hatte einen griechischen Akzent wie die von Aristo.

Flavia blickte über die Schulter zurück. Die himmelblaue Flügeltür des Hauses stand offen und ein Mann in einer lavendelfarbenen Tunika trat lächelnd heraus. Er zwinkerte Flavia zu, als er dem Sänftenträger etwas gab. Flavia hörte Münzen klimpern.

»So, und nun verzieht euch«, sagte der Mann und machte eine scheuchende Handbewegung. Die Sänftenträger blickten sich an, dann nickten sie und trugen die leere Sänfte den Weg zurück, den sie gekommen waren.

Der freundliche Mann wandte sich Flavia zu und streckte ihr die Hand entgegen. »Hoch mit dir, Flavia Gemina«, sagte er. »Ich muss mich für Bulbus entschuldigen. Er ist ein guter Türhüter, aber dumm wie Bohnenstroh.«

Flavia lachte mit tränennassen Augen und nahm seine mit Ringen überladene Hand. Er zog Flavia behutsam hoch.

Der Mann war nicht viel größer als Flavia, schlank und dunkelhaarig und seine leuchtenden dunklen Augen waren mit einem Kholstift schwarz umrandet. Sie mochte ihn sofort.

»Mein Name ist Sisyphus.« Er verneigte sich höflich. »Ich bin der Sekretär deines Onkels. Senator Cornix und Herrin Cynthia sind so gastfreundlich, dass sie sich über Verwandtschaftsbesuch sicher freuen, auch wenn sie selbst nicht zu Hause sind. Bitte, kommt doch herein.«

Aristo war wütend.

Lupus hatte ihn noch nie so zornig erlebt.

»Da lasse ich sie mal für ein paar Stunden allein und was passiert?«, brüllte er Miriam an, die sich über Lupus beugte und ihm Suppe in seinen ausgetrockneten Mund löffelte.

»Der hier rennt davon und verfängt sich in einer Wildschweinfalle, Jonathan verschwindet nach Rom, so wie es aussieht, und Flavia und Nubia fahren ihm gleich hinterher! Ist dir eigentlich klar, dass Kapitän Geminus mich dafür verantwortlich machen wird, wenn ihnen etwas passiert? Er kann mich vor Gericht zerren oder mich ins Bergwerk nach Sizilien schicken. Oder Schlimmeres. Apollo, steh mir bei!«

Miriam sah mit Tränen in den Augen zu ihm hoch.

»Oh, es tut mir Leid, Miriam«, sagte Aristo. Er wollte schon die Hand ausstrecken und ihr besänftigend auf die Schulter klopfen, doch dann ließ er sie wieder sinken. Lupus wusste, dass Aristo immer noch in Miriam verliebt war, auch wenn sie mit Flavias Onkel verlobt war.

»Ich wollte dich nicht zum Weinen bringen«, sagte Aristo.

»Es ist nicht wegen dir«, erwiderte Miriam. »Es ist wegen Vater. Ich mache mir Sorgen um ihn.«

»Das brauchst du nicht«, sagte Aristo, und diesmal berührte er sie ganz kurz an der Schulter. »Es ist schon spät und die Basilika wird geschlossen haben, aber gleich morgen früh gehe ich hin, um zu sehen, wie es deinem Vater geht.« Aristo wandte sich zu Lupus um und sein Gesichtsausdruck wurde sanfter. »Lupus, du kannst mich begleiten.«

Als Simeon endlich zurückkehrte, war es in dem heruntergekommenen Zimmer fast dunkel. Simeon hielt eine zischende Öllampe in der einen und zwei flache Brotlaibe in der anderen Hand. Er stellte die Lampe aufs Fensterbrett und wandte sich zu Jonathan um.

»Wieso hockst du dahinten in der Ecke?«, fragte er mit seiner tiefen Stimme.

»Ich bin sicher, der Riss in der Decke war nicht da, als wir angekommen sind«, sagte Jonathan. »Gleich kommt die ganze Decke runter.«

Simeon besah sich die Decke genauer. »Gut möglich«, meinte er dann. »Aber was können wir schon dagegen tun? Hier, nimm. Dann kannst du genauso gut an Völlerei sterben.« Er warf Jonathan einen Brotlaib zu. Jonathan musste grinsen.

»So ist es schon besser«, sagte Simeon. Er ließ einen Gegenstand von seiner Schulter gleiten und legte ihn aufs Bett. Es war eine längliche Stoffhülle mit einem ledernen Trageriemen.

»Was ist das?«, fragte Jonathan und brach ein Stück von seinem Brot ab, während er aus der dunklen Ecke hervorkroch.

»Das ist ein Schlüssel. Unser Schlüssel zum Palast des Kaisers.« Simeon löste ein paar Schnüre an einer Seite der Stoffhülle und zog ein Holzinstrument mit vier Saiten heraus. Es sah aus wie eine Lyra, nur dass es länger und schmaler war und einen bauchigen

Klangkörper hatte. »Eigentlich spiele ich das Psalterium«, sagte Simeon. »Aber das hier wird auch gehen.« Er schlug die Saiten probeweise an. Die Töne klangen voll und sehr tief.

Simeon setzte sich auf den Rand seines Bettes und stimmte die Saiten. »Wie schmeckt das Brot?«, fragte er, während er einen der Holzwirbel drehte.

»Nicht schlecht«, antwortete Jonathan. »Es schmeckt nach Roggen und Anis. Hier.« Er stand auf, brach ein Stück ab und reichte es seinem Onkel. Dann setzte er sich wieder auf sein Bett.

Simeon brummte einen Dank und aß das Brot, während er die Saiten anschlug und stimmte. Schließlich zog er seine Sandalen aus und klemmte das Instrument mit dem Klangkörper nach unten zwischen seine nackten Füße. Dann begann er zu spielen.

»Du bist Myrtillas Tochter, hab ich Recht?«

Flavia sah von ihrer Schüssel mit kalter, fest gewordener Suppe aus schwarzen Bohnen auf und nickte.

»Dachte ich mir«, sagte Sisyphus und reichte Flavia zwei kleine Keramikgefäße. »Hier, gib etwas Öl und Essig in deine Suppe, sie schmeckt dann viel besser.«

Flavia folgte seinem Vorschlag und aß noch einen Happen.

»Ich glaube, ich habe deine Mutter einmal kennen gelernt«, sagte er. »Herrin Cynthias jüngere Schwester, die einen Seekapitän geheiratet hat. Ist das richtig?«

Flavia nickte.

»Deshalb habe ich dich nie zuvor gesehen«, erklärte Sisyphus. »Meine Herrin Cynthia und dein Vater haben sich vor einigen Jahren zerstritten, richtig?«

»Ja«, erwiderte Flavia und tauchte ihren Löffel wieder in die Suppe. »Ich glaube, meine Tante mag Pater nicht besonders.«

»Ich habe deine Mutter nur das eine Mal gesehen«, sagte Sisyphus, »aber ich erinnere mich, dass sie sehr hübsch war. Ich glaube, du hast ihre Nase und ihren Mund geerbt.«

»Danke«, sagte Flavia. »Und danke, dass Ihr uns aufgenommen habt. Und danke für das Bad und das Zimmer und die Suppe hier. Sie schmeckt köstlich.«

»Siehst du, sie schmeckt gleich ganz anders mit Öl und Essig.«

Flavia und Nubia hatten in einem kleinen Kaltbecken gebadet und frische Kleider angezogen. Jetzt saßen sie beim Abendessen in einem Hof unter der Weinlaube. An dem Holztisch saßen auch Sisyphus, Bulbus, Caudex und eine schweigsame Sklavin namens Niobe, die die Köchin und Haushälterin war. In der Abenddämmerung flatterten Nachtfalter um ein Dutzend Öllampen, die unter den Weinblättern hingen.

»Und du bist Nubia? Flavias Sklavenmädchen?«, fragte Sisyphus.

Nubia nickte.

»Sie war mein Sklavenmädchen«, sagte Flavia. »Aber letzten Monat habe ich sie freigelassen. Jetzt ist Nubia meine ... Freundin.«

»Das ist wirklich lobenswert«, sagte Sisyphus. »Auch ich hoffe, dass ich mir eines Tages meine Freiheit verdienen werde.« Er betupfte seinen Mund mit einer Serviette und blickte Caudex stirnrunzelnd an, der seine Suppe bereits aufgegessen hatte und die Tonschüssel mit einem Stück Kümmelbrot auswischte. »Sag mal, Flavia Gemina, wieso seid ihr eigentlich so Hals über Kopf nach Rom gefahren?«

»Unser Freund Jonathan ist Jude und seine Mutter Susannah starb bei der Zerstörung Jerusalems. Aus irgendeinem Grund gibt er sich die Schuld an ihrem Tod. Möglicherweise hat er herausgefunden, dass es in Rom viele jüdische Frauen gibt, und zwar ...«

»... in Titus' Palast?«, vollendete Sisyphus ihren Satz.

»Genau!«, rief Flavia. »Ich glaube, er will dort nach seiner Mutter fragen.« Plötzlich runzelte sie die Stirn. »Woher wisst Ihr, dass es jüdische Sklaven im Palast gibt?«

Sisyphus zuckte mit den Schultern. »Jeder weiß, dass Titus' Palast voll ist von schönen jüdischen Sklaven. Sie waren sein Geschenk an Berenice.«

»An wen?«

»Na hör mal.« Sisyphus legte seinen Löffel nieder und blickte sie mit seinen schwarz umrandeten Augen erstaunt an. »Du willst mir doch nicht erzählen, du hättest noch nie etwas von Königin Berenice gehört?«

SCHRIFTROLLE XI

In dem dunklen Zimmer des römischen Mietshauses schlug Jonathans Onkel Simeon die tiefste Saite des Instrumentes an.

Der Ton klang so tief, dass Jonathan ihn kaum hörte, aber am Knochen oberhalb seines Herzens nachhallen spürte. Simeon zupfte die Saite mehrmals hintereinander, bis daraus ein Rhythmus wurde, leise und gleichmäßig. Dann begann er, mit der anderen Hand die dünneren Saiten zu zupfen, und spielte zu dem Rhythmus eine Melodie.

Dann fing sein Onkel an zu singen.

Einmal hatte Jonathan den dichten braunen Pelz eines Nerzes berührt. Simeons Stimme war so weich und warm wie dieser Pelz. Er sang von einer Trauerweide und einem Fluss, aber Jonathan achtete kaum auf die Worte. Er schloss die Augen.

Alles war so sonderbar. Die Töne außerhalb seines Kopfes, die Gefühle in seinem Herzen, die Gerüche und Eigenarten der Stadt Rom. Aber die Musik trug ihn von alldem fort. Wenn er selbst diese seltsame, tief klingende Lyra spielen könnte, so dachte er, dann könnte er damit seinen Schmerz heilen. Oder zumindest lindern.

Schließlich war das Lied zu Ende und Jonathan öffnete die Augen. Sein Onkel blickte ihn mit hochgezogenen Brauen an.

»Wie heißt das Instrument?«, fragte Jonathan mit heiserer Stimme.

»Das ist eine Basslyra. Manche Leute nennen es auch Barbiton. Das hier ist ein syrisches Modell. Gefällt es dir?«

Jonathan nickte. »Könntest du mir beibringen, es zu spielen?«

Simeon lächelte, und Jonathan fiel auf, dass er seinen Onkel nie zuvor hatte lächeln sehen. Ihm fehlten ein paar Zähne, aber mit diesem Lächeln sah er so lustig aus, dass Jonathan lachen musste.

Dann lachte auch Simeon und warf Jonathan etwas Klingendes hin. Es war ein kleines Tamburin.

»Erst mal sehen, ob du einen Rhythmus halten kannst«, sagte er und begann mit seinem nächsten Lied.

»Die Geschichte von Titus und Berenice ist furchtbar romantisch, meine Lieben«, sagte Sisyphus, lehnte sich zurück und trank einen Schluck Wein. Die Lampe, die unter den Weinblättern hing, tauchte sein Gesicht in gespenstisches Licht, und seine dunklen Augen sahen glänzend und geheimnisvoll aus.

»Berenice war eine wunderschöne jüdische Königin«, begann Sisyphus. »Sie begegnete Titus in Judäa, ein Jahr bevor er Jerusalem eroberte. Er war ein gut aussehender Heerführer in seinen besten Jahren und sie war eine schöne Witwe. Sie fühlten sich zueinander hingezogen wie... wie Motten zum Licht. Sie verliebten sich leidenschaftlich ineinander. Obwohl sie beinahe vierzig war und er erst achtundzwanzig. Obwohl sie an nur einen Gott glaubte und er an viele. Und obwohl sie Jüdin war und er ein römischer Eroberer.«

Sisyphus schloss die Augen.

»Ich habe sie einmal hier in Rom gesehen, vor ungefähr fünf Jahren. Sie muss mindestens fünfundvierzig gewesen sein, aber sie war einfach wunderschön! Sie hatte sinnliche Lippen, Augen wie Smaragde und pechschwarze Locken, die sie mit Perlenschnüren hochgebunden hatte. Ihre Haut war glatt wie Seide und honigfarben.« Er öffnete die Augen wieder. »Es heißt, sie hätte in Milch gebadet, so wie Kleopatra.«

»Milch?«, fragte Caudex mit schwerer Zunge. Er hörte genauso gebannt zu wie die Mädchen.

Sisyphus nickte. »Und was für Festgelage sie hatten!«, seufzte er. »Titus lebte in seinem Palast auf dem Palatin in Saus und Braus, so als wäre er schon Kaiser und Berenice seine Kaiserin. Währenddessen lebte der richtige Kaiser, Vespasian, in einem bescheidenen Haus in den Gärten des Sallust.« Er schüttelte den Kopf. »So konnte es nicht bleiben. Solange Titus nur Mitherrscher seines Vaters war, konnte der Senat seine Geliebte aus dem Osten ignorieren, aber als Vespasians Gesundheit nachließ und es so aussah, als würde Titus Kaiser werden …« Sisyphus lehnte sich zurück und goss sich das nächste Glas gewürzten Wein ein.

»Wie weiter?«, fragten Flavia und Nubia gleichzeitig.

»Ich bin Grieche«, sagte Sisyphus. »Wir fürchten starke Frauen nicht. Im Gegensatz zu den Römern. Sie misstrauen einer Frau, die Macht besitzt, und fürchten sie. Besonders eine aus dem Osten.« Er beugte sich vor und dämpfte wirkungsvoll seine Stimme: »Der Senat stellte Titus vor die Wahl zwischen der großen Liebe seines Lebens« – Sisyphus hielt die eine Hand wie eine Waagschale hoch – »und der politischen Unterstützung des Senats.« Er hielt die andere Hand genauso und blickte zwischen beiden Händen hin und her, als müsse er sich schweren Herzens entscheiden.

»Was hat er gewählt?«, fragte Nubia und griff unter dem Tisch nach Flavias Hand.

»Er ist Römer!« Sisyphus ließ seine Hände sinken und schnaubte verächtlich. »Da war ihm natürlich Macht wichtiger als Liebe. Er forderte Berenice auf, Rom zu verlassen.«

Die beiden Mädchen lehnten sich enttäuscht zurück und Caudex gab eine Art Glucksen von sich.

»Aber es war ein schwieriger Entschluss.« Sisyphus nickte bedächtig. »Es heißt, Titus habe geweint, als er Berenice wegschickte, und sie auch. Aber« – Sisyphus beugte sich wieder vor – »er soll ihr versprochen haben, sie zurückzurufen und sie zur Kaiserin zu machen, sobald der Mauleseltreiber tot sei.«

»Wer ist der Mauleseltreiber?«, fragte Nubia.

»Vespasian natürlich. Der alte Kaiser. Deshalb nahm Berenice, als sie vor sechs Monaten wegging, nur zwei von ihren zahlreichen Sklaven und eine Kleidertruhe mit. Und sie ging nicht weiter als bis Athen, weil sie davon ausging, bald zurückkehren zu dürfen.«

»Wie viele Sklaven hatte sie denn?«, fragte Flavia.

»Hunderte. Lauter jüdische Frauen aus gutem Haus. Titus hatte sie ihr geschenkt. Titus musste ihr auch versprechen, die männlichen Sklaven in Rom gut zu behandeln.«

Flavia runzelte die Stirn. »Aber unser Fuhrmann hat gesagt, Titus hätte tausende männlicher Sklaven für den Bau des neuen Amphitheaters eingesetzt.«

»Pah!« Wieder schnaubte Sisyphus verächtlich. »Natürlich arbeiten sie, sie sind schließlich Sklaven. Aber sie bekommen ordentlich zu essen und haben eine bequeme Unterkunft. Und wisst ihr, wo Berenices Sklaven wohnen?«

Die beiden Mädchen und Caudex schüttelten den Kopf.

»In Neros Goldenem Haus!«

»Oh!«, riefen Flavia, Nubia und Caudex gleichzeitig.

Einen Moment lang herrschte ehrfürchtiges Schweigen, bis Nubia schüchtern fragte: »Was ist Neros Goldenes Haus?«

»Nach dem großen Feuer in Rom vor fünfzehn Jahren baute Nero einen prachtvollen Palast, der sich über drei Hügel erstreckte. Dazu gehörten Gärten, Weinberge, Wälder und sogar ein See. Er machte Rom zu seiner Villa, den Palatin zu seinem Atrium und den großen See zu seinem Impluvium. Die Menschen hassten ihn dafür.«

»Jetzt erinnere ich mich!«, rief Flavia aus. »Plinius erwähnt das Goldene Haus in seiner ›Naturgeschichte‹, hab ich Recht? Es wurde aus purem Gold gebaut.«

»Beinahe«, sagte Sisyphus. »Die Räume waren mit Elfenbein, Marmor, Seide und Gold geschmückt.« Er machte eine wegwerfende Handbewegung. »Natürlich hat Vespasian das meiste davon wieder entfernt und sein neues Amphitheater dorthin gebaut, wo sich der See befand. Aber es heißt, dass das Goldene Haus immer noch Spuren seines früheren Glanzes aufweist, mit Szenen aus der griechischen Mythologie bemalte Wände, mit Edelsteinen besetzte Brunnen und Geheimgänge…«

»Und dort befinden sich die jüdischen Frauen?«, fragte Flavia.

Sisyphus nickte. »Irgendwo dort befinden sie sich. Aber wo genau, weiß ich nicht.«

»Wie kommt man denn da hin?«, fragte Flavia scheinbar beiläufig und knabberte an einem Kümmelkorn.

Sisyphus warf ihr einen strengen Blick zu. »Gar nicht, meine Liebe«, erwiderte er. »Außer als Sklave des Kaisers, als Kind oder auch als Eunuch.« Er gähnte und streckte sich genüsslich. »Oje, es ist längst Schlafenszeit für mich. Für euch sicher auch. Ich zeige euch eure Zimmer. Flavia und Nubia, es macht euch doch nichts aus, ein Zimmer zu teilen?«

Flavia schüttelte den Kopf, und Nubia sagte: »Was ist mit Berenice? Der Mauleseltreiber ist doch tot, oder?«

»Ja, das stimmt.« Sisyphus schob seinen Stuhl zurück und erhob sich. »Vespasian ist vor drei Monaten gestorben.«

»Und ist Berenice zu Titus zurückgekehrt?«

»Ja und nein«, antwortete Sisyphus lächelnd. »Aber das ist eine andere Geschichte und eine geheimnisvolle noch dazu. Ich fürchte, da werdet ihr bis morgen warten müssen.«

Noch vor dem Morgengrauen stand Lupus auf, zog seine beste meergrüne Tunika an und stieg mit steifen Gliedern die Treppe hinunter zum Brunnen. Aristo hatte darauf bestanden, dass Lupus und Miriam in Flavias Haus übernachteten. »Damit ihr nicht wieder verloren geht«, hatte er geschimpft.

Jetzt stand Lupus neben dem Brunnen und schrubbte sich so gut es ging Gesicht, Hals und Hände. Er machte sein Haar nass und kämmte es mit seinem fein gezahnten Holzkamm zurück. Dann setzte er sich auf die Marmorbank und wartete.

Scuto und die beiden jungen Hunde umringten ihn schwanzwedelnd und legten ihm die Pfoten auf die Knie, damit er mit ihnen spazieren ging. Aber Lupus achtete nicht auf sie. Selbst als Tigris sein neues Lederhalsband holte und es erwartungsvoll auf die Bank legte, kraulte Lupus ihn nur hinter dem Ohr.

Als Aristo die Treppe herunterkam und Lupus so geduldig auf ihn warten sah, lächelte er und nickte ihm zu. Schweigend verließen sie gemeinsam das Haus und machten sich auf den Weg in die Stadt.

Am südlichen Ende des Forums, in der Nähe des Tempels der Roma und des Augustus, befand sich die Basilika, ein großes Backsteingebäude, verkleidet mit Marmor und umgeben von Säulen. Im geräumigen Erdgeschoss war das Gericht untergebracht, die Büros befanden sich im ersten Stock und die Gefängniszellen im hinteren Teil des Gebäudes.

Vor dem Eingang standen bereits einige Männer Schlange. Die meisten trugen Togen. Da sie zu unterschiedlichen Büros und Beamten wollten, ging es zügig voran. Lupus und Aristo brauchten nicht einmal eine Stunde zu warten, bis sie den Magistrat sprechen konnten. Ein Sklave führte sie eine schmale Marmortreppe hinauf und eine Galerie oberhalb der Gerichtsräume entlang.

Batos Büro war das vorletzte auf der rechten Seite: ein kleines helles Zimmer mit einem bogenförmigen, nach Westen gehenden Fenster. Der junge Magistrat saß vor diesem Fenster an einem mit Wachstafeln und Schriftrollen übersäten Tisch und schrieb. Auf dem Fußboden neben ihm standen Körbe mit weiteren Schriftrollen. In einer Ecke des Büros bemerkte Lupus einen kleinen Hausaltar zu Ehren des Hercules.

»Was kann ich für Euch tun?« Bato blickte nur kurz auf, dann fuhr er fort, sich Notizen auf einem Blatt Papyrus zu machen. Es gab keine Besucherstühle. Lupus stellte sich neben Aristo an die andere Seite des Tisches.

»Ich heiße Aristo und bin der Sohn von Diogenes aus Korinth,

Hauslehrer und Sekretär im Hause von Marcus Flavius Geminus. Wir möchten uns nach Kapitän Geminus' Nachbarn, einem gewissen Mordecai ben Ezra, erkundigen.«

Bato sah auf. »Ach ja. Der Jude. Es tut mir Leid, aber er wurde in Gewahrsam genommen, weil er der Verschwörung verdächtigt wird. Es gibt Hinweise darauf, dass er einem bekannten Auftragsmörder Unterschlupf gewährt hat. Wir gehen davon aus, dass er in ein Komplott gegen den Kaiser verwickelt ist.«

»Das ist unmöglich«, erwiderte Aristo. »Er ist Arzt. Er heilt Menschen. Der Kaiser hat ihn sogar kürzlich noch dafür gelobt, dass er Opfern des Vesuvausbruchs geholfen hat. Und Simeon kann unmöglich ein Auftragsmörder sein. Er ist Doktor ben Ezras Schwager. Simeons Schwester war Mordecais Ehefrau«, erklärte er.

Bato ließ sich nicht aus der Ruhe bringen. »Ich weiß, was ein Schwager ist«, sagte er. »Wisst Ihr, was eine Sica ist?«

Aristo runzelte die Stirn. »Nein.«

Bato beugte sich vor. »Ich habe den Doktor vorgestern aufgesucht, weil ich um seine Sicherheit besorgt war. Ich dachte, der Auftragsmörder hätte es vielleicht auf ihn abgesehen. Ich kam überhaupt nicht auf die Idee, der Doktor könnte ein Komplize des Mörders sein. Gestern kamen jedenfalls noch mehr Informationen ans Tageslicht. Es sieht so aus, als ob mindestens drei Attentäter von Korinth aus unterwegs seien. Einer wurde vor vier Tagen in Rhegium gesehen. Ein anderer gestern, als er in Puteoli ein Schiff verließ. Alle sind Juden. Alle, so vermuten wir, kommen in der Absicht, den Kaiser zu töten. Und Simeon ist einer von ihnen.«

Lupus und Aristo blickten sich erstaunt an.

Bato tippte sich nachdenklich mit dem Ende seiner Feder gegen die Zähne. »Sagt mal, Aristo, Sohn des Diogenes, habt Ihr schon einmal vom Aufstand der Juden gehört?«

»Natürlich«, antwortete Aristo. »Er führte zur Zerstörung Jerusalems.«

Bato nickte. »Als der Aufstand der Juden vor fünfzehn Jahren begann, wurden wir auf eine neue, gefährliche Art von Rebellion aufmerksam. Diese Rebellen nannten sich Zeloten und waren religiöse Fanatiker, die sich weigerten, die Herrschaft Roms zu akzeptieren. Sie trugen gebogene Dolche bei sich, die sie in ihren Gürteln oder unter ihren Umhängen verbargen. Vor ein paar Jahren gelang es mir, in den Besitz eines solchen Dolches zu gelangen.«

Bato stand auf und ging zu einer kleinen Truhe in der Nähe seines Hausaltars hinüber. Er hob den Deckel und holte einen Dolch heraus, der etwa die Länge einer Männerhand hatte. Er glich einer Sichel mit rasiermesserscharfer Kante.

»Das hier ist eine Sica«, sagte er und kehrte an seinen Schreibtisch zurück. »Sehr Ihr, wie dünn die Klinge ist und wie scharf die Spitze? Nein, nicht anfassen, Junge!« Bato hielt den Dolch von Lupus weg und fuhr fort: »Ein blitzschneller Schnitt in den Nacken, so«, Bato ließ den Dolch durch die Luft sausen, »durchtrennt das Rückenmark und führt zu einem sofortigen, lautlosen Tod. Bis diejenigen, die in der Nähe des Opfers stehen, begriffen haben, was passiert ist, ist der Mörder längst untergetaucht.«

Aristo und Lupus blickten sich erneut an.

»Zunächst«, sagte Bato und setzte sich wieder hin, »töteten die Sicarii – wie diese Dolchmänner hießen – nur jüdische Verräter und so genannte römische Unterdrücker. Später wurden sie von Leuten direkt aufgesucht und gegen Bezahlung mit dem Mord an einem persönlichen Feind beauftragt. Und sobald sie sich bezahlen ließen, waren sie keine Freiheitskämpfer mehr, sondern Auftragsmörder. Die meisten von ihnen starben bei der Zerstörung Jerusalems und der Belagerung von Masada, aber einige überlebten. Ihre Namen stehen auf unserer Liste der meistgesuchten Verbrecher; sie sind Feinde des Kaisers. Simeon mag zwar der Schwager des Doktors sein, aber ich kann euch versichern, er ist ebenso ein Auftragsmörder.«

SCHRIFTROLLE XII

Lupus und Aristo verließen die kühle Basilika von Ostia und traten in die Hitze und den Lärm des Forums hinaus. Bato hatte sich geweigert, Mordecai gegen Kaution freizulassen. Sie hatten Mordecai noch nicht einmal sehen dürfen. Auch eine Nachricht durften sie ihm nicht überbringen.

Gedankenversunken bog Aristo automatisch in die Straße zum Grünen Brunnen ab. Lupus hielt ihn am Saum seiner Tunika fest.

»Was ist?«, fragte Aristo stirnrunzelnd.

Lupus deutete mit dem Kopf nach rechts zur Rückseite der Basilika. Aristo seufzte und folgte Lupus zwischen der westlichen Mauer der Basilika und dem Tempel der Venus hindurch. Die Gasse war so eng, dass dorthin nie ein Sonnenstrahl fiel.

»Igitt!«, sagte Aristo. »Wie es hier stinkt! Können die Leute denn nicht die öffentlichen Latrinen benutzen?«

Lupus ignorierte seine Bemerkung und ging weiter bis zu kleinen, quadratischen Öffnungen, die sich in der dicken Backsteinmauer befanden.

»Was ist das?«, fragte Aristo.

Lupus zog seine Wachstafel hervor und schrieb:

GEFÄNGNISFENSTER

»Meinst du, er kann mich hören?«

Lupus nickte.

»Woher weißt du das?«

Lupus machte große, runde Augen, was bedeuten sollte: Nicht jetzt; ich erzähle es dir später!

Aristo ging ganz dicht an eine der Öffnungen heran.

»Mordecai? Könnt Ihr mich hören? Hier ist Aristo.«

Keine Antwort.

»Mordecai?« Aristo sprach etwas lauter.

Plötzlich hörten sie eine Stimme mit Akzent. »Aristo? Bist du das?«

»Ja. Lupus ist auch bei mir. Geht es Euch gut?«

Einen Augenblick herrschte Schweigen. Dann sagte Mordecai: »Es könnte schlimmer sein.«

»Mordecai. Wir sind eben bei Bato gewesen. Ist es möglich, dass Euer Schwager Simeon ein Auftragsmörder ist?«

Es entstand eine lange Pause.

Dann sagte Mordecai: »Vor vielen Jahren, als Simeon noch jung war, gehörte er eine Zeit lang den Sicarii an. Aber er hat mir erzählt, er hätte ihnen den Rücken gekehrt... Jetzt habe ich womöglich meine ganze Familie in Gefahr gebracht. Geht es Miriam und Jonathan gut?«

Aristo und Lupus blickten sich an. Mordecai hatte wohl schon genug Sorgen, deshalb wollten sie ihn nicht noch mehr beunruhigen.

»Ja«, antwortete Aristo. »Sie machen sich Sorgen um Euch, aber es geht beiden gut.«

»Gut.« Mordecais Stimme klang müde.

»Mordecai. Können wir etwas für Euch tun? Oder Euch irgendetwas bringen?«

»Nein. Oder doch! Wenn du Simeon sehen solltest, sag ihm, er soll sich bei den Behörden melden. Falls er unschuldig ist, natürlich.«

»Ich verstehe«, sagte Aristo. »Sonst noch etwas?«

»Ich könnte eine Wachstafel gebrauchen. Ach, und etwas von

dem ägyptischen Balsam für meinen Zellengenossen. Er ist verletzt.«

»Ihr seid nicht allein?«

»Nein … es ist noch ein Gefangener bei mir. Er ist verwundet.«

Lupus hielt eine seiner Wachstafeln hoch – er hatte immer mindestens zwei bei sich – und Aristo nickte.

»Mordecai. Wir lassen jetzt eine Wachstafel durch das Luftloch fallen. Könnt Ihr sie auffangen?«

»Ja, ich bin bereit.«

Lupus stellte sich auf die Zehenspitzen und schob seine Ersatztafel durch die Öffnung.

»Danke. Ich habe sie«, hörte Lupus Mordecai sagen.

»Wir bringen Euch den Balsam so bald wie möglich.«

»Und auch saubere Leinenstreifen, falls ihr welche findet.«

»Natürlich. Seid vorsichtig, Mordecai.«

»Schalom, Aristo, Schalom, Lupus.«

Flavia trat vor ihr Zimmer und streckte sich. Dann bekam sie vor Aufregung eine Gänsehaut. Sie war tatsächlich in Rom! Und alles war so anders. Obwohl es nicht so heiß werden sollte wie am Tag zuvor, war es schon jetzt am frühen Morgen sehr warm. Und feucht. Und irgendwo roch es nach auf Holzkohle gegrilltem Fleisch: wahrscheinlich von morgendlichen Opfergaben.

Flavia blickte sich auf dem kleinen Hof um, auf den sieben Kinderzimmer hinausgingen. Eigentlich war er kaum mehr als ein Lichtschacht. In der Mitte dieses gepflasterten Hofes sprudelte ein Springbrunnen aus orangefarbenem Marmor. Sie ging die wenigen Schritte zu dem Springbrunnen und spritzte sich Wasser ins Gesicht. Nubia kam hinzu und sie tranken Wasser aus der hohlen Hand.

»Ihr seid schon wach, das ist gut!« Sisyphus klatschte in die Hände und trat auf den Hof hinaus. Er trug eine lauchgrüne Tunika mit passenden Lederhalbstiefeln. »Kommt, lasst uns in der

Efeupergola frühstücken. Der perfekte Platz, um unseren nächsten Schritt zu planen.«

»Ihr wollt uns helfen, Jonathan zu finden?«, fragte Flavia erstaunt.

»Natürlich.« Er zwinkerte Nubia zu. »So viel Spaß hatte ich seit Jahren nicht mehr. Das ist viel interessanter, als dauernd die Reden des Senators abzuschreiben!«

Er führte sie einen Flur entlang durch ein großes Atrium mit einem Regenwasserbecken bis in einen großen Garten. Obwohl der Garten mit gleichmäßigen Wegen und kniehohen Buchsbaumhecken angelegt war, sah er ziemlich verwahrlost und verwildert aus. Doch Flavia gefiel der Garten, weil er gemütlich wirkte. Hier und da sah sie Kinderspielzeug herumliegen: einen Lederball, ein Holzpferd mit einem zerbrochenen Rad und einen Reifen aus Schilfrohr.

»Wie viele Kinder hat meine Tante noch mal?«, fragte sie.

»Bei der letzten Zählung waren es sechs«, seufzte Sisyphus, »oder doch sieben? Ich kann mir das nie merken. Kinder interessieren mich nicht, bis sie anfangen, vernünftig zu sprechen. Manche schaffen das nie. Nur Aulus Junior, den mag ich. Der ist etwa in deinem Alter: zwölf, glaube ich.«

»Ich bin erst zehn«, gab Flavia zu.

»Na so was! Dabei siehst du schon so erwachsen aus. Und du bist erstaunlich klug.« Plötzlich blieb er stehen. »Sagt mal. Für wie alt haltet ihr mich eigentlich?« Er streckte die Brust heraus, stemmte die Hände in die schmalen Hüften und zeigte ihnen sein Profil.

Flavia und Nubia blickten sich verlegen an. Für Flavia war er einfach alt, so wie ihr Vater, aber sie wusste, dass Erwachsene gern für jünger gehalten wurden, als sie in Wirklichkeit waren.

»Äh«, sagte Flavia, »fünfundzwanzig?«

»Flavia!« Sisyphus strahlte sie an. »Du bist für immer meine Freundin!« Er hakte sich bei Flavia und Nubia unter und führte sie den Weg weiter bis zu einer kleinen Laube, die von dichtem

Efeu überwuchert war. Sie mussten sich bücken, um hineinzugelangen, und Flavia brauchte einen Moment, bis sich ihre Augen an das dämmrige Licht gewöhnt hatten.

»Oh, ist das schön hier!«, rief sie aus, als sie sich umblickte.

Nubia nickte. »Das Grüne Haus«, sagte sie.

Ein Holzspalier war dicht mit glänzendem Efeu bewachsen, und es kam ihnen vor, als stünden sie in einem Häuschen mit einer Efeudecke und Efeuwänden. Es war erfrischend kühl hier drin und das Licht war dunkelgrün. Die Laube bot gerade genug Platz für einen schmiedeeisernen Tisch und zwei Steinbänke.

Das Frühstück stand bereits auf dem Tisch: Kümmelbrot, weicher Ziegenkäse und drei Becher mit schäumendem schwarzem Traubensaft. Auf einem kleinen Silberteller waren Stücke einer saftigen Frucht angerichtet, deren Farbe und Duft Flavia sofort erkannte.

»Orangen!« Sie klatschte in die Hände und strahlte Sisyphus begeistert an.

»Lupus und du, ihr könnt nicht nach Rom fahren!«, protestierte Miriam. »Ich wäre ja dann ganz allein!«

»Ich habe Alma gebeten, bei dir zu bleiben«, erwiderte Aristo. »Sie bringt auch die Hunde mit.«

»Ich will lieber mit euch gehen!« Miriam warf ihre dunklen Locken in den Nacken und starrte Aristo trotzig an.

Sie sah sehr schön aus, und Lupus merkte, dass Aristo versucht war nachzugeben. Er wollte Aristo mitteilen, dass das keine gute Idee sei, als dieser bereits von sich aus den Kopf schüttelte.

»Was ist, wenn sie deinen Vater entlassen? Oder wenn Kapitän Geminus von seiner Reise zurückkehrt? Oder wenn jemand eine wichtige Nachricht bringen will?«

»Du hast Recht«, erwiderte Miriam und wandte sich ab. »Ich komme mir nur so nutzlos vor!«

»Du bist nicht nutzlos«, sagte Aristo. »Du kannst uns helfen.

Rom ist eine große Stadt. Flavia ist wahrscheinlich bei ihrer Tante untergekommen, aber wir haben keine Ahnung, wo Jonathan steckt. Vielleicht kannst du uns einen Anhaltspunkt geben, wo Jonathan hingegangen sein könnte und warum.«

Miriam dachte einen Augenblick nach. »Seitdem er dieses Limonenblütenparfüm gerochen hat, ist er deprimiert, weil er ständig an Mutters Tod denken muss. Flavia hat mir erzählt, dass er sich die Schuld an ihrem Tod gibt.«

»Am Tod eurer Mutter? Aber er muss doch noch ein Baby gewesen sein, als sie starb.«

»Ich weiß.«

»Gibt es denn keinen Hinweis, wo er hingegangen sein könnte?«, fragte Aristo.

»Onkel Simi ist gestern Morgen nach Rom aufgebrochen; vermutlich sind sie zusammen gefahren.«

»Wie kommst du auf die Idee, dass Jonathan nach Rom gefahren ist?«

»Er hat doch eine Nachricht auf die Wachstafel geschrieben. Ach so, die kannst du ja nicht lesen: Sie ist auf Hebräisch. ›Bin nach Rom gefahren‹, steht da, und dann: ›Bitte ...‹ Der Rest war nicht zu erkennen, weil das Wachs geschmolzen ist. Jetzt ist es allerdings wieder fest.«

Lupus nahm die rotblau gestreifte Tafel zur Hand und untersuchte sie.

Aristo schüttelte den Kopf. »Wenn wir nur wüssten, was er noch geschrieben hat. Vielleicht würde uns das helfen, ihn zu finden.«

Lupus zupfte Aristo am kurzen Ärmel seiner Tunika.

»Was ist, Lupus?«

TAFEL IST NEU, schrieb Lupus auf seine eigene Wachstafel.

Miriam nickte. »Das stimmt. Gaius hat Jonathan die Tafel vorgestern zum Geburtstag geschenkt.«

BILLIGES WACHS, fuhr Lupus fort.

»Wahrscheinlich wurde es mit Schweineschmalz gemischt«, sagte Aristo. »Das kommt manchmal vor.«

STILUS DURCHGEDRÜCKT

»Was meinst du damit, Lupus?«

NACHRICHT DARUNTER?

»Natürlich!« Aristo schnippte mit den Fingern. »Lupus, du bist ein Genie!«

»Was ist?«, fragte Miriam.

»Diese Tafel«, sagte Aristo, »ist erst einmal benutzt worden und das Wachs war sehr weich. Siehst du die Stelle hier, wo Jonathans Stilus sich bis zum Holz durchgedrückt hat?«

»Ja ...«

»Wenn er den Stilus insgesamt so fest aufgedrückt hat, dann könnte er das Holz darunter angekratzt haben ...«

»... das heißt, seine Nachricht könnte unter dem Wachs, das zuerst geschmolzen und dann wieder fest geworden ist, noch zu sehen sein!«

Lupus nickte heftig mit dem Kopf.

»Wenn wir also das Wachs schmelzen lassen und dann abgießen ...«, begann Miriam.

Aristo setzte ihren Gedanken fort: »... dann könnten wir möglicherweise die Nachricht lesen, die sich darunter verbirgt.«

SCHRIFTROLLE XIII

Jonathan saß im Umkleideraum der Claudius-Thermen in Rom und wartete.

Er hatte ausgiebig gebadet, sich eingeölt und abgeschabt, und nun war er an der Reihe, auf ihre Sachen aufzupassen, während sein Onkel baden ging. Zuvor hatte Simeon ihnen neue Tuniken aus cremefarbenem Leinen mit senkrechten schwarzen Streifen von den Schultern bis zum Saum gekauft. Sie hatten auch das wertvolle Barbiton bei sich und einen Geldbeutel mit ihren letzten Münzen.

Jonathan hatte seine neue Tunika angezogen. Den Geldbeutel hatte er sich um den Hals gehängt und das Barbiton lag sicher auf seinem Schoß. Also schloss er ein wenig die Augen. Wegen der vorbeiratternden Fahrzeuge war es in ihrem Zimmer in der Nacht noch lauter gewesen als tagsüber. Jonathan hatte noch nicht einmal hören können, was Simeon zu ihm sagte, obwohl ihre Betten nah beieinander standen. Er hatte kaum geschlafen und jetzt war er ziemlich erschöpft.

Er musste wohl eingenickt sein, denn er schreckte auf, als plötzlich ein gut aussehender Römer vor ihm stand. Der Mann hatte einen großen Kopf, dunkelblaue Augen und fragende Augenbrauen. Er trug eine cremefarbene Tunika mit schwarzen Streifen von der Schulter zum Saum.

»Onkel Simeon?« Jonathan blinzelte, um den Schlaf zu vertreiben.

Simeon nickte und rieb sich sein glatt rasiertes Kinn. »Erstaunlich, was eine gute Rasur bewirken kann.« Er schulterte das Barbiton und blickte auf Jonathan herab.

»Komm«, sagte er. »Zeit für uns, den Palatin aufzusuchen.«

Lupus schob sich zwischen Aristo und Miriam, um zu sehen, was da auf dem Küchenherd vor sich ging.

»Pass auf, Lupus«, warnte Aristo. »Die Kohlen sind glühend heiß.« Und zu Miriam sagte er: »Lass einfach das Wachs schmelzen und sieh zu, dass du das Holz nicht verbrennst.«

»Ich weiß, was ich tue«, entgegnete Miriam. »Schließlich koche ich jeden Tag.«

Auf diesen Dämpfer hin schwieg Aristo einen Augenblick. Dann sagte er zu Miriam: »Du hast dich verändert. Du bist doch sonst immer so ein schüchternes, kleines Ding gewesen.«

»Ich bin nur schüchtern bei Leuten, die ich nicht kenne.« Miriam wandte sich ihm zu und sie blickten sich eine Weile an. Schließlich stupste Lupus Aristo mit dem Ellbogen an.

»Was ist?« Aristo warf Lupus einen finsteren Blick zu.

Lupus deutete auf die Wachstafel, die schon anfing zu rauchen.

»Sie brennt!«, rief Aristo.

»Unsinn.« Miriam hob die Tafel ruhig mit einer Zange aus der Hitze und neigte sie zur Seite. Das flüssige Wachs lief ab und vermischte sich mit der Asche auf dem Herd. Miriam legte die Tafel kurz auf die Metallschale zurück, dann goss sie den Rest des gelben Wachses ab.

»Ich kann Kratzspuren erkennen!«, rief Aristo.

Lupus nickte begeistert.

»Kommt, wir gehen damit in die Sonne«, sagte Miriam.

Die drei eilten hinaus in den Garten, und Miriam neigte die rechteckige Holztafel, bis sie den richtigen Winkel zwischen Licht und Schatten gefunden hatte, um die eingekratzten Zeichen deutlich sehen zu können.

»Ja«, sagte sie. »Ich kann es lesen.«

»Und, was steht da?«, fragte Aristo.

»›Bin nach Rom gefahren. Bitte… macht euch keine Sorgen. Simeon… ist bei mir. Er glaubt …dass Mutter… lebt und Sklavin im Goldenen Haus ist… Wir wollen versuchen, sie zu retten.‹«

Miriams Gesicht wurde bleich. »Aber Vater hat uns doch immer erzählt, Mutter sei tot«, sagte sie langsam. »Simeon muss Jonathan angelogen haben.« Sie griff nach Aristos Hand und sah ihm ins Gesicht. »Flavia hatte Recht: Das ist eine Art Falle«, sagte sie. »Ihr müsst Jonathan helfen!«

»Jonathan«, sagte Simeon. »Willst du das wirklich tun? Du musst nicht mitkommen, wenn du nicht willst. Du kannst in unserem Zimmer warten, bis ich wiederkomme. Falls ich wiederkomme.«

Sie standen in der Nähe eines Springbrunnens im Halbschatten der Schirmkiefern auf dem Palatin. Neben ihnen gossen zwei Marmornymphen Wasser aus Marmormuscheln in ein Granitbecken.

Jonathan zupfte an seiner neuen cremefarbenen Tunika, die an seinem verschwitzten Körper klebte. Der Aufstieg zum Palatin war anstrengend gewesen. Sein Atem klang pfeifend.

»Sag es mir noch einmal«, forderte er.

Simeon wandte sich zu Jonathan um und blickte ihm fest in die Augen.

»Ich glaube«, sagte er, »dass deine Mutter noch lebt, und zwar als Sklavin im Goldenen Haus.«

Jonathan schaute in die blauen Augen seines Onkels und nickte.

»Dann komme ich mit dir.«

»Aber zuerst solltest du über meinen Auftrag genau Bescheid wissen.«

»In Ordnung.« Jonathan setzte sich auf den kühlen Granitrand des Brunnens und wartete.

»Drei Auftragsmörder«, sagte Simeon, »sind von Korinth aus zum Palast des Titus losgeschickt worden.«

»Drei?«

Simeon nickte und griff in seinen Ledergürtel. Aus einem versteckten Schlitz zog er einen gebogenen Dolch hervor.

»Drei«, wiederholte er. »Und ich bin einer von ihnen.«

SCHRIFTROLLE XIV

»Titus und Berenice«, sagte Sisyphus, »waren sehr schlechte Menschen. Bevor sie sich kennen lernten – und danach auch.«

»Was haben sie getan?«, fragte Nubia. Sie waren inzwischen mit dem Frühstück fertig, und der Tisch war abgeräumt, aber sie blieben noch ein Weilchen im kühlen Schatten der Efeupergola sitzen.

»Meine Lieben, die schaurigen Einzelheiten will ich euch lieber ersparen. Es reicht wohl, wenn ich euch sage, dass die Leute von Rom sie ›Nero und Poppäa‹ nannten.«

Flavia hielt erschrocken die Luft an.

Nubia runzelte die Stirn. »Was ist Neronpopeye?«

»Nero war ein grausamer Kaiser«, erklärte Flavia. »Und Poppäa war seine Geliebte. Das weiß ich, weil Pater mir von ihren Schandtaten erzählt hat. Sie waren wirklich schrecklich.«

Oben auf dem Palatin saß Jonathan am Rand des Springbrunnens im kühlen Schatten und erbleichte, als Simeon ihm von seinem Auftrag erzählte.

»Wenn sie uns schnappen, bevor wir zum Kaiser gelangen«, sagte sein Onkel zum Schluss, »müssen wir damit rechnen, dass sie uns foltern. Und danach werden sie mich mit Sicherheit umbringen, wahrscheinlich durch Kreuzigung. Dich werden sie wahrscheinlich zum Sklaven machen. Überlege es dir gut – willst du wirklich mit mir kommen?«

Jonathan nickte und wollte etwas sagen, aber seine Kehle war plötzlich vollkommen ausgetrocknet. Er schöpfte mit der Hand Wasser aus dem Brunnen hinter sich. Als er sich wieder umdrehte, sah er gerade noch, wie Simeon den gebogenen Dolch unter einen Myrtenbusch warf und mit einer dünnen Schicht Kiefernnadeln und Staub bedeckte.

»Wenn sie dieses Messer bei mir finden würden«, erklärte Simeon, »würden sie mich sofort ans Kreuz hängen. Nun wird unser Verstand unsere einzige Waffe sein.« Er stand auf und hängte sich das Barbiton über die Schulter.

Jonathan erhob sich ebenfalls. Sein Herz klopfte und ihm war übel.

»Nervös?«, fragte sein Onkel und blickte auf ihn herab.

Jonathan nickte.

»Keine Sorge«, sagte Simeon. »Die Wächter werden schon keinen Verdacht schöpfen. Jeder, der dem mächtigsten Mann des Römischen Reiches etwas vorspielen will, wird wohl nervös sein.«

»Aber, meine Lieben, was soll ich euch sagen.« Sisyphus beugte sich vor. »Seit Titus vor drei Monaten zum Kaiser ernannt wurde, hat er sich unglaublich verändert. Er ist wie umgewandelt. Zum Beispiel: Habt ihr vom Berg Vesuv gehört?«

Flavia und Nubia blickten sich an.

»Der Vulkan«, sagte Flavia.

»Genau. Eine Katastrophe war das, als er ausbrach. Tausende verloren ihr Hab und Gut. Und wisst ihr, was Titus getan hat? Der Mann, von dem wir glaubten, er ziehe uns das Geld aus der Tasche, um seine Orgien davon zu bezahlen?« Sisyphus klatschte sich auf die Oberschenkel und lehnte sich wieder zurück. »Er hat in die eigene Tasche gegriffen, um den Überlebenden zu helfen!«

»Erstaunlich«, sagte Flavia.

»Allerdings«, erwiderte Sisyphus. »Ihr könnt sicher sein, wenn ein Mann seinen Geldbeutel öffnet, dann ist das wirklich ein Zeichen für einen Sinneswandel.«

»Kann es nicht sein, dass er nur so großzügig getan hat, damit ihn die Senatoren mögen?«, fragte Flavia.

»Und damit die anderen Leute ihn mögen?«, fügte Nubia hinzu.

»Manche Leute sehen das so. Aber ich nicht. Ich will euch auch erzählen, warum ich meine, dass Titus sich wirklich geändert hat. Noch in derselben Woche, als sein Vater starb, eilte Berenice aus Athen zurück, um seine Poppäa zu sein. Aber wisst ihr, was passiert ist?«

Flavia und Nubia schüttelten den Kopf.

»Er hat sie wieder weggeschickt! Er hatte die vollkommene Macht. Er hätte sie zu seiner Königin machen können. Er hätte sie sogar als heimliche Geliebte halten können. Aber stattdessen hat er sie ein zweites Mal weggeschickt, ohne sie überhaupt gesehen zu haben! Etwas ist mit ihm passiert. Ich sage euch, der Mann hat sich geändert.«

Eifriges Schnippeln war plötzlich draußen vor der Efeupergola zu hören und Flavia schob den Kopf hinaus.

»Caudex!«, rief sie. »Was machst du denn da?«

»Ich schneide bloß den Efeu.« Der bullige Sklave errötete und senkte den Blick. »Und ich wollte den Rest der Geschichte hören.«

Irgendwo auf dem Palatin arbeiteten Sklaven an einem Anbau des ohnehin schon riesengroßen Palastes. Jonathan konnte in der Ferne das Hämmern und Sägen und die Rufe der Arbeiter hören. Doch hier am Sklaveneingang war es ruhig, bis auf das Zwitschern der Vögel und das Rascheln der Blätter in der leichten Brise. Eine schattige Vorhalle mit kühlen Marmorbänken und Marmorsäulen führte zum Eingang. Zwei Soldaten standen links und rechts neben der Flügeltür Wache, hielten aber diskret Abstand.

Ein Türsklave war losgegangen, um seinen Vorgesetzten zu suchen.

»Denk daran«, sagte Simeon zu Jonathan, während sie auf den Verwalter warteten. »Schlag einfach das Tamburin so wie gestern Abend, dann klappt das schon.«

Jonathan nickte und sagte sich, dass das seine Chance war, alles wieder gutzumachen.

Dann tauchte ein großer grauhaariger Mann in der offenen Tür auf. Er hatte eine lange Nase und buschige Augenbrauen.

»Guten Morgen.« Simeons Stimme klang so tief und süß wie das Barbiton. »Wir sind reisende Musikanten. Wir sind gekommen, um für den Kaiser zu spielen.«

»Es tut mir Leid. Zurzeit gestatten wir Fremden keinen Zutritt zum Palast«, erwiderte der Verwalter höflich.

»Aber ich dachte, der Kaiser hört sich gern neue Musik an«, sagte Simeon.

»Normalerweise ja. Aber zurzeit herrschen strenge Sicherheitsregeln. Es ist mir leider unmöglich, Euch Zutritt zum Palast zu gewähren.«

Simeon wandte sich ab, dann drehte er sich noch einmal um. Sein Plan schien nicht so zu funktionieren, wie er es sich vorgestellt hatte.

»Ist es möglich, einen Mann namens Agathus zu sprechen?«, fragte er.

Der Türsklave blickte von Simeon zu Jonathan und wieder zurück. »Ich bin Agathus«, sagte er langsam.

Simeon warf einen kurzen Blick zu den Wächtern hinüber.

Scheinbar beiläufig zeichnete er mit der Spitze seiner neuen Sandale ein Symbol in den Staub der Vorhalle. Bevor Jonathan es genau erkennen konnte, wischte er es schon wieder weg.

Aber Agathus hatte es gesehen. Er blickte unter seinen buschigen Augenbrauen zu Simeon auf und nickte.

»Es gäbe da vielleicht einen Weg …«

»Woher wissen wir denn, ob Jonathan es geschafft hat, ins Goldene Haus zu gelangen?«, wollte Flavia von Sisyphus wissen.

»Darüber habe ich auch schon nachgedacht.« Sisyphus' dunkle Augen leuchteten. »Aber wir müssen dieses Problem anders angehen.«

»Wie meint Ihr das?«, fragte Flavia.

»Allein herauszubekommen, ob Jonathan in den Palast gelangt ist oder nicht, könnte uns wertvolle Zeit kosten. Ich denke, wir sollten einfach davon ausgehen, dass er es geschafft hat, und herausfinden, wie wir in den Teil des Goldenen Hauses gelangen können, in dem sich die jüdischen Sklaven befinden.«

»Ihr meint also, wir sollten das Goldene Haus genauer erkunden«, sagte Flavia nachdenklich. »Zum Beispiel herausfinden, ob es dort Geheimgänge oder Tunnel gibt.«

»Meine Liebe, da Nero das Goldene Haus bauen ließ, gibt es dort auf jeden Fall Geheimgänge und Tunnel. Wir müssen nur herausfinden, wo sie sich befinden.«

SCHRIFTROLLE XV

»Beeil dich, Lupus! Der Wagen fährt gleich ab.«

Lupus blickte suchend die Hauptstraße von Ostia auf und ab. Er konnte Aristo hören, aber nicht sehen. Er war gerade auf dem Weg zu dem Brunnen, wo die Fuhrleute mit ihren Mauleseln standen, als er seinen Hauslehrer rufen hörte.

»Schnell!«, rief Aristo erneut. »Ich habe dir einen Platz freigehalten.«

Da sah Lupus den Wagen, der gerade in den Schatten des römischen Tores eintauchte. Lupus rannte den Decumanus Maximus hinunter und seine Sandalen knallten laut auf den heißen weißen Pflastersteinen. Er wich zwei kichernden Frauen mit Papyrussonnenschirmen und einem Zimmermann mit Holzbrettern auf der Schulter aus und hätte beinahe einen Sklaven umgerannt, der ein Glas Urin zu den Walkern brachte.

Lupus rannte weiter an den von Säulen umgebenen Ladenfassaden und dem langen Wassertrog vorbei und stürmte durch das römische Tor an den lachenden Soldaten vorbei. Im heißen Sonnenlicht tauchte er wieder auf und holte den Wagen schließlich ein. Aristo streckte ihm schon die Hand entgegen. Lupus spürte, wie er hochgezogen wurde und auf der harten Holzbank landete. Die anderen Männer im Wagen grinsten ihn an. Der Fuhrmann, der bisher absichtlich langsam gefahren war, blickte sich kurz um und zwinkerte Lupus zu, um dann seine Maulesel mit der Peitsche voranzutreiben.

»Hast du Mordecai den Balsam gegeben?«, fragte Aristo leise.

Lupus nickte, dann drehte er sich um und sah, wie der weiße Marmorbogen von Ostias Haupttor kleiner und immer kleiner wurde.

Endlich würde er Rom kennen lernen!

Simeon und Jonathan waren inzwischen in den Kaiserpalast auf dem Palatin geführt worden. Ein Mann mit käsigem Gesicht und fettigem schwarzem Haar stellte ihnen einige Fragen.

»Mein Name ist Harmonius«, sagte er. »Agathus hat euch empfohlen, aber ich möchte mich davon überzeugen, dass ihr echte Musikanten seid, das heißt, ihr werdet mir etwas vorspielen. Wir sind zwar zurzeit in Alarmbereitschaft, weil wir mit einem Attentat auf den Kaiser rechnen, aber der Kaiser leidet gerade unter starken Kopfschmerzen, und Musik ist etwas, das ihm Linderung verschaffen kann. Falls eure Musik ihm hilft, werdet ihr reichlich belohnt werden.« Er verschränkte die Arme. »Aber zuerst müsst ihr mir beweisen, dass ihr echte Musikanten seid und keine Schwindler.«

»Da ist es.« Sisyphus stand neben Cynthias Privatsänfte, die Hände in die Hüften gestemmt, und blinzelte zu einem gewaltigen Gebäude hinauf. »Das achte Weltwunder.«

Flavia und Nubia lehnten sich aus der Sänfte und betrachteten staunend das riesige, ovale Gebäude, das sich weiß gegen den türkisfarbenen Himmel über Rom abhob.

»Bulbus, Caudex. Ruht euch ein wenig aus«, sagte Sisyphus.

Die beiden Türsklaven setzten die Sänfte auf den heißen Pflastersteinen ab und halfen Flavia und Nubia heraus.

»So ein riesiges Gebäude habe ich noch nie gesehen!«, staunte Flavia, den Kopf im Nacken und die Augen gegen die Sonne abgeschirmt. »Das ist ja unglaublich!«

»Was ist das?«, fragte Nubia.

»Das ist Vespasians neues Amphitheater«, erklärte Sisyphus.

»Wenn es in ein paar Monaten eröffnet wird, gibt es Gladiatorenkämpfe, Seeschlachten, Tierhetzen …«

»Wozu sind die Äste da überall?«, fragte Nubia.

»Das ist ein Gerüst aus Pfeilern.«

»Was machen die Sklaven da?«, fragte Flavia. »Streichen sie das Gebäude an?«

Sisyphus schüttelte den Kopf. »Sie tragen Stuck auf, das ist eine Art Putz. Sie mischen ihn mit Marmorstaub, sodass er glänzt wie richtiger Marmor. Wenn sie damit fertig sind, wird das ganze Amphitheater aussehen, als sei es aus massivem Marmor erbaut. Dann streichen sie es an und stellen Statuen in die Nischen.«

»Das müssen ja hunderte von Sklaven sein, die daran arbeiten«, sagte Flavia zu Sisyphus.

»Tausende, meine Liebe, tausende. Und fast alle sind Gefangene aus Judäa, die von unserem ruhmreichen Kaiser Titus nach Rom gebracht wurden.«

Während Simeon sein zweites Lied sang, hatten sich bereits zwei Dutzend Sklaven, Schreiber und Soldaten des Kaiserpalastes am Eingang versammelt, um der Musik zu lauschen. Als der letzte Ton verklungen war, spendeten alle stürmischen Beifall.

Harmonius betupfte seine Augen mit einem Taschentuch. »Einzigartig«, sagte er leise. »So schöne Musik habe ich noch nie gehört. Mein Herr, Ihr seid wirklich ein Künstler.«

Simeon verneigte sich höflich und Jonathan stieß heimlich einen Seufzer der Erleichterung aus.

»Der Kaiser hat heute Abend öffentliche Verpflichtungen«, fuhr Harmonius fort, »aber sein jüngerer Bruder Domitian wird hier im Palast ein kleines Festessen veranstalten. Ich bin sicher, er bezahlt Euch genauso gut. Dann könnt Ihr morgen vor dem Kaiser auftreten.« Harmonius stand auf. »So, wenn ihr beide euch ausruhen und für euren Auftritt vorbereiten möchtet, bringe ich euch jetzt zu euren Zimmern.«

»Natürlich gibt es in Rom mehr als nur ein Forum«, sagte Sisyphus, während er Flavia und Nubia ein zweites Mal von der Sänfte herabhalf. »Aber wenn die Leute vom römischen Forum Romanum sprechen, dann meinen sie damit dieses hier.«

Flavia starrte die Gebäude, die ringsum aufragten, staunend an. Noch nie hatte sie so viele Säulen an einem Fleck gesehen. Irgendwie hatte sie sich immer vorgestellt, das Forum Romanum bestünde aus reinem weißem Marmor, aber die Dächer waren rot gedeckt und fast alle Statuen bunt bemalt, und die meisten Gebäude erstrahlten in verschiedensten Goldtönen.

Noch etwas war anders, als Flavia es sich vorgestellt hatte. Abgesehen von ein paar Sklaven, die ihrer Arbeit nachgingen, und einem Jungen, der eine Ziegenherde zwischen zwei Tempeln hindurchtrieb, war das Forum kaum bevölkert.

»Wie leer es hier ist«, sagte sie. »Ich dachte, im Forum wimmelt es nur so von Menschen.«

Sisyphus nickte. »Normalerweise ist es auch so. Aber wenn ihr genau hinhört…«

Flavia und Nubia standen still da und lauschten, ebenso Caudex und Bulbus. Zuerst hörten sie nur das Klingeln der Ziegenglöckchen, das allmählich leiser wurde. Dann hörten sie in der Ferne eine Art Jubelgeschrei.

»Das habe ich vorhin schon gehört«, sagte Nubia.

»Das kommt vom Circus Maximus«, erklärte Sisyphus. »Von der anderen Seite des Hügels, die natürlich auch noch zum Palatin gehört. Die Rennen sind in vollem Gange. Was ihr da hört, sind eine Viertelmillion Leute, die ihren Mannschaften zujubeln.«

Flavia hielt die Luft an. »Was, eine Viertelmillion?«

Sisyphus nickte. »Deswegen wirkt Rom so leer. Das sind die Ludi Romani.«

Nubia runzelte die Stirn. »Was ist Ludiro Mani?«

»Ein zwölftägiges Fest zu Ehren des Jupiter. Jeden Tag gibt es Wagenrennen. Alle Römer gehen hin und sehen sie sich an. Ich kann diese Rennen allerdings nicht ausstehen. Dieser Lärm, der Staub und die Hitze. Ich schaue mir viel lieber eine gute Komödie von Plautus an. Oder höre Musik. So, und jetzt dreht euch mal um.«

»Großer Neptunbart!«, rief Nubia aus.

»Was ist DAS?«, kreischte Flavia.

Hinter ihnen ragte die gigantische goldene Statue eines nackten Mannes auf. Sie war fast so groß wie das neue Amphitheater im Hintergrund.

»Das ist der Sonnengott.«

»Sieht gar nicht aus wie der Sonnengott.« Flavia blinzelte die Statue an.

»Da hast du vollkommen Recht, meine Liebe«, sagte Sisyphus zähneknirschend. »In Wirklichkeit ist es ein Porträt von Nero, das er für sich selbst errichtet hat. Aber kein Römer wird ihm den Gefallen tun, ihn darin zu erkennen. Vespasian hat ihm ein paar Sonnenstrahlen aufgesetzt und jetzt nennen wir ihn alle den Sonnengott.«

»Er sieht aus wie ein dicker, fetter Tyrann.«

»Ja«, murmelte Sisyphus. »Genauso sieht er aus. Jedenfalls ... hier wären wir.« Er deutete auf ein Marmorgebäude mit graugrünen Säulen und Bronzetüren. »Die Pläne des Goldenen Hauses müssten sich in diesem Gebäude befinden. Mich werden sie hineinlassen, weil ich für Senator Cornix arbeite. Aber ihr werdet draußen bleiben müssen.«

»Was sollen wir so lange tun?«, fragte Flavia.

»Darüber habe ich bereits nachgedacht«, sagte Sisyphus. »Bulbus, bring die Mädchen zu Cynthias Thermen. Du und Caudex, ihr wartet draußen.«

Er wandte sich an Flavia und Nubia. »Dort werdet ihr eines der größten Vergnügen der Römer kennen lernen«, sagte er. »Einen Tag in den Thermen. Gönnt euch eine Maniküre. Oder eine Massage. Lasst euch das Haar frisieren. Flavia, sag einfach, du seist

Cynthias Nichte, und lass alles auf ihre Rechnung setzen. Zur elften Stunde treffen wir uns wieder. Ich hoffe, ich habe bis dahin brauchbare Informationen.«

Am Nachmittag desselben Tages führte Harmonius Jonathan und Simeon zum Esszimmer des jüngeren Bruders des Kaisers. Domitian und seine Gäste waren gerade mit dem ersten Gang fertig, als Jonathan und sein Onkel zwischen rosaroten Säulen auftauchten und ein niedriges Podium betraten.

Fünfzehn Gäste ruhten auf fünf Sofas und aßen gepfefferte Scheiben einer seltsamen orangefarbenen Frucht, die Jonathan noch nie gesehen hatte. Es war noch früh, erst die neunte Stunde. Draußen in der Stadt war es glühend heiß. Aber das Sommertriklinium des Kaiserpalastes war eine kühle Oase in grünen und rosaroten Farbtönen. Über die gesamte hintere Wand des Zimmers floss spiegelglattes Wasser in einen Trog aus rosarotem Marmor. Palmen und Gardenien sorgten für Farbe und Duft, während sechs ägyptische Sklavenmädchen zur Abkühlung mit Fächern aus Pfauenfedern wedelten.

Jonathan erkannte Domitian sofort. Er sah genauso aus wie sein älterer Bruder, nur dass er schlanker war und braunes statt rotblondes Haar hatte. Er ruhte auf dem mittleren Sofa zwischen einem bärtigen Mann und einer hübschen rothaarigen Frau.

Die Frau lachte heiser über irgendetwas, was Domitian gerade gesagt hatte. Jonathan hatte den Eindruck, dass er ihr gefiel. Domitian hatte lockiges Haar und große braune Augen, aber Jonathan mochte sein Grinsen nicht.

Als Simeon das Barbiton zwischen seine Füße geklemmt hatte, warf er einen Blick zu Harmonius hinüber. Der hob die Augenbrauen und nickte.

Simeon verneigte sich, dann bestimmte er mit der tiefsten Saite den Rhythmus. Nach und nach verstummten die Gäste. Jonathan übernahm den Rhythmus auf seinem Tamburin, etwas gedämpft, damit es besser widerhallte. Simeon fügte schließlich die Melodie und dann den Text hinzu.

Jonathan brauchte die Gäste gar nicht anzusehen, um zu wissen, dass sie gerührt waren. Er spürte, dass es ganz still war im Raum. Schließlich, gegen Ende des dritten Liedes, blickte er auf.

Einige der Gäste lächelten und begleiteten den Rhythmus durch Fingerklopfen. Andere hatten die Augen geschlossen, um sich zu konzentrieren. Nur der bärtige Mann hatte sich vorgebeugt und flüsterte Domitian etwas ins Ohr. Dabei beobachteten sie Simeon, der ganz in seiner Musik aufging.

Simeon spielte den letzten Akkord. Und als der Applaus sich gelegt hatte, rief der bärtige Mann mit lauter Stimme: »Gut gemacht, Simeon!«

»Danke«, erwiderte Simeon mit seinem zahnlückenhaften Lächeln. Dann erstarrte er plötzlich.

Jonathan sah einen Anflug von Panik im Gesicht seines Onkels, und plötzlich wurde ihm klar, wieso. Der bärtige Mann hatte ihn beim Namen genannt, nicht auf Latein, sondern auf Hebräisch. Und Simeon hatte in derselben Sprache geantwortet.

SCHRIFTROLLE XVI

»Oh Pollux!«, hörte Flavia Bulbus murren, als sie auf dem Rückweg von den Thermen um die Ecke bogen. »Da kommt wohl noch mehr Besuch.«

Als Flavia sich neugierig aus der Sänfte beugte, neigte die sich bedrohlich zur Seite. Flavia hörte Bulbus fluchen, als er versuchte, die Sänfte wieder ins Gleichgewicht zu bringen.

»Halt!«, rief Flavia, und als Bulbus und Caudex gehorchten, sprang sie heraus und rannte auf die beiden Gestalten zu, die im Schatten der Vorhalle standen.

»Aristo! Lupus!«, rief sie und warf ihrem Hauslehrer die Arme um den Hals. »Ich bin ja so froh, euch zu sehen!« Sie ließ Aristo los und umarmte auch Lupus.

»Ihr steckt ganz schön in Schwierigkeiten, Nubia und du«, sagte Aristo und versuchte, ein strenges Gesicht zu machen.

Flavia neigte den Kopf zur Seite. »Und wieso lächelst du dann?«

»Tu ich gar nicht«, grinste er, und sie mussten alle lachen.

»Wächter!«, rief der jüngere Bruder von Kaiser Titus und stand leichtfüßig von seinem Ruhesofa auf.

Sofort traten zwei Soldaten ein und standen mit klirrender Rüstung stramm.

»Ist Euer Name Simeon ben Jonah?«, wollte Domitian von Jonathans Onkel wissen.

Es herrschte bedrückendes Schweigen. Der bärtige Gast stand

langsam von seinem Sofa auf und ging auf Domitian zu. Diesmal sprach er nicht Hebräisch, sondern Lateinisch. »Natürlich ist er es. Ich erkenne ihn, obwohl er sich das Haar abgeschnitten und den Bart rasiert hat. Kennst du mich nicht, Simeon?«

Jonathan blickte von dem bärtigen Mann zu seinem Onkel. Es war so still, dass er das Wasser an der Rückwand des Raumes in den Trog fließen hörte.

»Yoseph ben Matthias«, knurrte Simeon und stand langsam auf. Auch Jonathan erhob sich.

»Genau.« Der bärtige Mann lächelte in die Runde, als sei er stolz darauf, erkannt worden zu sein. »Aber nun bin ich der Diener des Kaisers und habe seinen Namen angenommen. Du darfst mich jetzt Titus Flavius Josephus nennen.«

Domitian trat näher und starrte Simeon direkt in die Augen. Jonathan bemerkte, dass Domitians Atem nach Wein und Knoblauch roch, als er sagte: »Josephus, bist du sicher, dass dieser Mann ein Attentäter ist?«

»Und ob ich mir sicher bin«, erwiderte Josephus. »Jeder kennt doch Simeon, den Sicarius.«

»Also gut«, sagte Domitian und wandte sich ab. »Wächter! Verhört sie und findet heraus, was sie wissen. Dann kreuzigt ihr den hier. Was den Jungen betrifft… brandmarkt ihn und steckt ihn zu den anderen jüdischen Sklaven. Den Kaiser braucht ihr gar nicht erst damit zu belästigen.«

Bulbus zündete die Öllampen an, als Sisyphus ins dämmrige Licht vor die Weinlaube trat.

»Ah«, sagte er lächelnd. »Du musst der berühmte Lupus sein. Ich freue mich, dich endlich kennen zu lernen. Flavia und Nubia haben mir viel von dir erzählt. Und Ihr seid Aristo?«

Aristo nickte. »Ich hoffe, Ihr habt nichts gegen zwei weitere Gäste einzuwenden.«

Sisyphus hob die Augenbrauen und sagte etwas auf Griechisch.

Flavias Hauslehrer lachte und antwortete in derselben Sprache.

»He, was soll das?«, rief Flavia. »Ich kann es nicht leiden, wenn sich Leute in einer Sprache unterhalten, die ich nicht verstehe.«

»Du solltest sie aber verstehen«, erwiderte Aristo schmunzelnd. »Wir lernen schließlich schon seit über drei Jahren zusammen Griechisch.«

Flavia blickte ihn finster an. »Ich weiß. Aber ich verstehe nichts, wenn du so schnell sprichst.« Sie wandte sich an den Sekretär. »Sisyphus«, sagte sie, »Aristo und Lupus haben eine Nachricht gefunden, die Jonathan zurückgelassen hat. Ihr hattet Recht. Jonathan ist wirklich zum Goldenen Haus gefahren. Aber nicht, um etwas über seine Mutter herauszufinden, sondern weil er fest glaubt, sie sei am Leben! Er muss sich auf die Suche nach ihr gemacht haben. Aber Jonathans Schwester Miriam ist sich sicher, dass ihre Mutter tot ist. Sie glaubt, dass er in eine Falle gelockt worden ist!« Flavia hielt inne, um Luft zu holen.

»Wieso sollte jemand diesen ganzen Aufwand betreiben, nur um Jonathan in eine Falle zu locken?«, fragte Sisyphus.

»Vielleicht will Simeon Jonathan überlisten, damit er ihm hilft, den Kaiser umzubringen!«, rief Flavia.

»Das ist gar nicht mal so unwahrscheinlich«, sagte Aristo. »Jemand, der einen Jungen bei sich hat, wird wohl kaum für einen Auftragsmörder gehalten werden.«

»Habt Ihr herausgefunden, wie man ins Goldene Haus gelangt?«, wollte Flavia von Sisyphus wissen.

»Noch nicht«, antwortete er. »Aber ich habe ein paar Schriftrollen mitgebracht. Die können wir uns morgen ansehen, sobald es hell wird.«

»Gut«, sagte Flavia. »Jetzt wo wir alle zusammen sind, bin ich sicher, dass wir Jonathan in null Komma nichts aus den Klauen des Mörders befreit haben!«

»Du kannst dich glücklich schätzen«, sagte Agathus, während er und Jonathan einem Sklaven dabei zusahen, wie er das Brandeisen in einem Becken voll glühender Kohlen erhitzte. »Wenn Josephus nicht eingeschritten wäre, würden sie dich jetzt foltern.«

Jonathan saß zitternd da, nur bekleidet mit einem Lendenschurz. Er fühlte sich alles andere als glücklich. Sie hatten ihm den Kopf kahl geschoren und ihn nach Läusen abgesucht. Sie hatten ihm in den Mund geschaut, um seine Zähne zu prüfen. Sie hatten ihn ausgezogen und ihm seine Bulla, das Zeichen, dass er frei geboren war, und seinen Rubinring abgenommen. Sogar sein Limonendufttaschentuch hatten sie ihm weggenommen. Das Einzige, was sie ihm gelassen hatten, war der Siegelring seiner Mutter, der fest an seinem kleinen Finger steckte.

Agathus sah, wie Jonathan den Ring betrachtete. »Der geht bald ab«, sagte er. »Ich denke, du wirst in den nächsten Tagen einiges an Gewicht verlieren.«

Jonathan starrte den Verwalter verständnislos an, dann fiel sein Blick wieder auf die Metallstange, die in den Kohlen glühte.

Ein Sklave war im Begriff, seinen linken Arm mit dem Siegel des Kaisers zu brandmarken. Damit würde Jonathan Eigentum von Titus Flavius Vespasianus werden.

»Auch dein Freund kann von Glück reden«, sagte Agathus. »Er wird am Leben bleiben. Falls er die Folter übersteht.«

Jonathan fühlte sich elend. Der bärtige Mann namens Josephus hatte Domitian dazu überredet, Simeon nicht zu töten, sondern ihm nur die Augen auszustechen und ihm die großen Zehen abzuschneiden. Dann wäre er blind und lahm und unfähig, jemanden anzugreifen. Trotzdem, so hatte Josephus gesagt, könnten sie immer noch seine schöne Musik genießen.

»Musst du dich wieder übergeben?«, fragte Agathus und legte Jonathan die Hand auf die nackte Schulter.

Jonathan schüttelte den Kopf. »Im Magen ist nichts mehr, was noch hochkommen könnte«, murmelte er.

Der Sklave näherte sich mit dem Brandeisen.

Agathus drückte Jonathans Schulter und reichte ihm einen Ledergürtel.

»Hier, Junge. Beiß da drauf. Es wird ziemlich wehtun.«

Jonathan klemmte sich das Leder zwischen die Zähne, dann nahm er es wieder heraus.

»Mein Taschentuch«, sagte er und nickte in Richtung seiner Kleider am Ende der rauen Holzbank. »Kann ich vielleicht stattdessen darauf beißen?«

»Ich denke schon, wenn du es ein paarmal faltest…« Der Sklave hielt inne und wartete, bis Agathus das Taschentuch brachte. Jonathan atmete den Limonenduft tief ein, um sich Mut zu machen, dann klemmte er das Taschentuch zwischen die Zähne und sah, wie sich das rot glühende Ende des Brandeisens seiner Schulter näherte.

Es war nicht der Schmerz, der ihn in Ohnmacht fallen ließ, sondern der Geruch von verbranntem Fleisch.

SCHRIFTROLLE XVII

»Diese Rollen bringen uns kein bisschen weiter!«, rief Flavia wütend und warf die Schriftrolle auf den Tisch zurück.

Inzwischen waren drei Tage vergangen und es war später Nachmittag.

Flavia und Sisyphus saßen in der Bibliothek des Senators. Der Tisch war mit Schriftrollen übersät. Die meisten enthielten Architekturpläne oder Rechnungen aus Neros Regierungszeit.

Aristo und Lupus kamen herein. Sie sahen müde aus. Sie hatten sich, verkleidet als junger Patrizier mit seinem Sklaven, auf dem Palatin umgesehen.

»Und?«, fragte Flavia mit tränennassen Augen.

Lupus schüttelte den Kopf und Aristo zog sich ärgerlich die Toga von den Schultern. »Ich verstehe nicht, wie die römischen Bürger es in diesen Dingern aushalten«, sagte er und warf die Toga auf einen Stuhl. »Man schwitzt entsetzlich darin.«

»Das ist eine der Wintertogen des Senators«, murmelte Sisyphus. Er stand auf und ging zu dem Stuhl hinüber. »Seine leichten Sommertogen hat er mitgenommen.« Er schüttelte die Toga aus und legte sie sorgfältig zusammen.

Das Licht verdunkelte sich einen Moment, als zwei weitere Gestalten in der Tür auftauchten.

»Nubia, Caudex!«, rief Flavia. »Und, habt ihr Erfolg gehabt?«

Nubia schüttelte den Kopf. Sie hatten versucht, auf dem Oppian-Hügel einen Eingang zum Goldenen Haus zu finden.

»Riesenmauern drum herum«, murrte Caudex und machte sich in Richtung Küche davon.

»Wir werden ihn nie finden!« Flavia ließ sich auf einen Stuhl sinken und biss sich auf die Unterlippe, um ihre Tränen zu unterdrücken. »Ich bin eine miserable Detektivin.«

Die anderen setzten sich niedergeschlagen an den großen Eichentisch und schwiegen.

Schließlich sagte Sisyphus: »Meine Großmutter, Juno segne ihr Andenken, war eine sehr weise Frau. Als kleiner Junge hatte ich einmal eine kleine Statue verloren, an der ich sehr hing, und ich suchte überall nach ihr. Da sagte sie eines Tages: ›Sisyphus, wenn du aufhörst, nach ihr zu suchen, findet sie dich vielleicht.‹«

»Hat es funktioniert?«, fragte Flavia.

»Ja, es hat tatsächlich funktioniert. Ich ging einen Tag später eine Freundin besuchen und dort war sie. Sie hatte sich die kleine Statue ausgeliehen, ohne mich zu fragen.«

»Aber wie soll uns das weiterhelfen?«, fragte Aristo seufzend.

»Nun«, sagte Sisyphus. »Morgen ist der letzte Tag der Ludi Romani. Ich schlage vor, wir nehmen uns den Tag frei und schauen uns die Wagenrennen an, auch wenn ich sie noch so sehr hasse.« Sisyphus schüttelte sich demonstrativ. »Auf jeden Fall haben wir dann mal Abstand und kommen vielleicht auf neue Ideen.«

Lupus stieß einen Freudenschrei aus. Auch Nubia war von dem Vorschlag begeistert. Zu gern wollte sie einmal die Pferde rennen sehen. Flavia warf Aristo einen fragenden Blick zu und er nickte.

»Also gut«, seufzte Flavia. »Kann ja nicht schaden.«

»Was machst du da?«, fragte ein kleines Mädchen auf Aramäisch.

Jonathan hatte keine Lust aufzublicken. »Was meinst du denn, was ich da mache?«, antwortete er in derselben Sprache.

»Sieht so aus, als würdest du die Latrinen schrubben.«

»Dann werde ich das wohl auch tun.« Er hielt einen Moment

inne und schloss die Augen. Der pochende Schmerz in seinem linken Arm schien eher schlimmer zu werden statt schwächer.

»Du bist neu hier, stimmt's?«, fragte das Mädchen.

»Ja«, erwiderte Jonathan und musste fast würgen bei dem Gestank. Dann fragte er: »Wo bin ich hier eigentlich?«

Nachdem sie ihn gebrandmarkt hatten, war Jonathan immer wieder bewusstlos geworden. Er erinnerte sich vage, dass man ihn ziemlich weit bis zu einer Kabine getragen hatte, die gerade so groß war, dass er sich hineinlegen konnte. Zwei Tage lang hatte ihm eine fette Sklavin Weizenbrei gebracht und vor die Tür gestellt. Heute Morgen hatte sie ihm eine Scheuerbürste in seine Zelle geworfen und ihm befohlen, die Latrinen am Ende des Korridors zu putzen.

»Du bist im Goldenen Haus«, sagte das Mädchen.

Jonathan schnaubte verächtlich, während er die Plumpsklos in der langen Holzbank schrubbte. »Goldenes Haus, dass ich nicht lache.«

»Ich heiße Rizpah. Und du?«

»Jonathan.« Plötzlich hielt er inne und sagte langsam: »Die fette Frau hat gesagt, ich muss für eine Woche isoliert bleiben, bis ich nicht mehr unrein bin. Sie hat gesagt, um diese Tageszeit käme niemand hierher. Was machst du also hier? Und wie bist du hereingekommen?« Er drehte sich um und starrte das Mädchen im dämmrigen Licht des kleinen, hohen Fensters an. »Du bist doch nicht durch die Tür gekommen …«

Das kleine Mädchen namens Rizpah saß auf der polierten Eichenlatrine zwischen zwei Plumpsklos.

Jonathan hatte noch nie ein so eigenartiges Mädchen gesehen.

Sie war sehr klein, etwa wie ein fünfjähriges Kind, doch Jonathan vermutete, dass sie älter war, mindestens so alt wie Lupus. Sie hatte glattes weißes Haar und rosarote Augen. Ihre Haut war so fein, dass sie fast durchsichtig wirkte. Sie trug eine schmutzige schwarze Tunika mit weißem Saum.

»Du bist auch eine von den Sklavinnen des Kaisers«, stellte er fest.

»Natürlich.« Sie wippte mit den Beinen und trommelte mit den Fersen gegen die Holzlatrine. »Du bist hübsch. Du gefällst mir.«

»Klar«, sagte Jonathan. »Ich mit meinem kahl rasierten Schädel, dem eiternden Brandzeichen am Arm, überall voller… Stimmt, heute bin ich wirklich besonders hübsch.«

»Wie ist es da draußen?«, fragte sie neugierig.

»Wo draußen?«

»In Rom.«

Jonathan starrte sie an. »Du bist noch nie draußen gewesen?«

Rizpah schüttelte den Kopf. »Ich hasse die Sonne. Außerdem gefällt es mir hier. Hier ist es kühl und dunkel. Ich wohne schon immer hier im Goldenen Haus«, fügte sie hinzu. »Hier bin ich geboren und hier werde ich sterben.« Das hörte sich an wie ein Zitat.

»Und mich nennen sie einen Pessimisten«, murmelte Jonathan. Er fing wieder an zu schrubben. »Hast du noch mehr solche erheiternden Sprüche auf Lager?«

»Ich weiß, wie du hier rauskommen könntest.«

Jonathan legte langsam seine Scheuerbürste nieder und wandte sich zu ihr um. »Rizpah«, erwiderte er, »ich kann dir gar nicht sagen, wie sehr mich das erheitern würde.«

Nubia beugte sich auf ihrem Platz vor und blickte über das Geländer auf die Rennbahn hinunter. Dann fiel ihr Blick auf den Wall in der Mitte der Arena und die seltsamen Skulpturen. Die riesige Nadel aus rotem Granit mitten auf dieser Insel und die sieben goldenen Delfine am Ende gefielen ihr besonders gut.

Schließlich blickte sie sich staunend unter den vielen Zuschauern um.

»Ich habe noch nie so viele Menschen gesehen«, murmelte sie.

»Ich weiß«, sagte Flavia und wandte sich dann an Sisyphus.

»Wie bist du an so gute Plätze herangekommen?«, fragte sie. »Gleich vorn am Wendepfosten und dann auch noch im Schatten?«

»Das sind nicht meine Plätze. Sie gehören dem Senator«, erwiderte Sisyphus. »Acht Plätze gehören ihm, damit er Herrin Cynthia und seine ganze lärmende Brut jederzeit mitnehmen kann. Und ich fürchte, wir werden nicht lange im Schatten sein. Es ist noch früh.«

»Seht mal!«, rief Nubia. »Die Pferde!«

Als die ersten Rennwagen aus den schattigen Stadttoren auftauchten und zur Paraderunde ansetzten, schmetterten die Trompeten los, und die Zuschauer jubelten. Nubia hielt sich die Ohren zu, aber als sich der erste Wagen näherte, beugte sich gespannt vor.

»Seht mal!«, rief sie. »Das ist Titus!«

»Ja!«, rief Sisyphus. »Heute ist der letzte Festtag, deshalb führt der Kaiser selbst die Parade an.«

Titus fuhr in einem goldenen Wagen, der von zwei herrlichen weißen Hengsten gezogen wurde. In Purpur gekleidet, mit einem goldenen Kranz auf dem dünnen Haar, hielt der Kaiser selbst die Zügel in der Hand. Neben ihm stand unbeweglich ein junger Mann in einer goldenen Rüstung. Er wirkte sonderbar blass und steif und starrte mit leerem Blick geradeaus.

»Ist das eine Statue?«, fragte Flavia.

Sisyphus nickte. »Das ist die berühmte Statue des Britannicus aus Gold und Elfenbein. Er und Titus waren als Kinder befreundet, bis Nero ihn vergiftet hat.«

Nubia beugte sich noch weiter über das Geländer. Jetzt näherten sich die verschiedenen Gespanne.

Die Blauen kamen zuerst. Jedes Gespann bestand aus vier Pferden, die stolz mit wehenden Mähnen ausschritten und die Schmeicheleien der Menge zu genießen schienen. Als Nächstes kamen die Grünen, die Roten und schließlich die Weißen. Jeder Wagen war in der jeweiligen Farbe geschmückt. Als sich das rote Gespann näherte, hielt sich Nubia aufgeregt am Geländer fest.

»Die Pferde da gefallen mir!«, rief Nubia Sisyphus ins Ohr, damit er sie bei dem Gejohle der Menge hören konnte.

»Aber nicht doch die Roten, meine Liebe!«, erwiderte Sisyphus kopfschüttelnd. »Nur Seeleute und Fuhrmänner sind für die Roten. Du musst für die Blauen sein.«

Nubia runzelte die Stirn. »Aber die Pferde der Blauen sind nicht so gut.«

Sisyphus machte ein finsteres Gesicht. »Bitte schön«, sagte er. »Wenn du unbedingt meinst.« Er schob sich die Zuschauerreihe entlang und stapfte die Treppe hinauf zu einem der Torbögen.

»Was hast du zu ihm gesagt?«, fragte Flavia. »Ich habe ihn noch nie so zornig gesehen.«

Nubia blickte sie besorgt an. »Ich hab nur gesagt, dass ich die Roten mag.«

Jetzt fuhr der rote Wagen direkt unter ihnen vorbei. Nubia sah, dass der Wagenlenker ein Afrikaner war, nicht viel älter als sie selbst. Er war in rotes Leder gekleidet und hatte sich, wie die anderen Wagenlenker auch, die Zügel um die Taille gebunden.

Nubia zupfte Flavia am Ärmel.

»Warum bindet er sich an den Pferden fest? Was ist, wenn sie ihn runterziehen?«

»Keine Ahnung«, sagte Flavia.

»Nubia!«, rief Aristo so laut, dass sie ihn trotz des Lärms hören konnte. »Siehst du, was er in der Hand hält?«

Nubia sah etwas aufblitzen. »Ein Messer?«, fragte sie.

»Genau. Wenn er aus dem Wagen gerissen und mitgeschleift wird, dann schneidet er sich los.«

Nubia erschauderte.

Etwas später – sie hatte keine Ahnung, wie viel Zeit inzwischen vergangen war – fuhr der junge Wagenlenker wieder vorbei. Das Gesicht zu einer grinsenden Grimasse verzerrt, trieb er mit aller Kraft die Pferde an. Die restlichen Wagen lagen weit hinter ihm. Es war die letzte Runde. Der Circus Maximus erbebte unter dem

Jubel der Menge. Nubia ließ sich von der Begeisterung mitreißen und hörte sich schließlich selbst aus voller Kehle rufen: »Rote vorn! Rote vorn!«

Sie hatte Sisyphus nicht zurückkommen sehen, aber plötzlich stand er neben ihr und brüllte so laut für die Roten wie alle anderen auch.

»Beim Pfau der großen Juno, ist das heiß heute! Normalerweise ist es um diese Jahreszeit viel kühler.« Sisyphus fächelte sich mit einem Papyrusfächer eifrig Luft zu und lächelte die anderen an. »Am besten gehen wir bald, damit wir nicht ins Gedränge kommen. Heute haben wir unsere Sache gut gemacht. Wir haben ganz schön Profit herausgeschlagen.«

»Wie meint Ihr das?«, fragte Flavia geistesabwesend, während sie eine Pistazie zerbiss. Sie hatte sich die Pistazien auf den Schoß gekippt und untersuchte das Stück Papyrus, in das sie eingewickelt gewesen waren: Eine verblasste Schrift war darauf zu erkennen.

»Wir haben fast tausend Denarii eingenommen. Das ist mehr als das, was ich für diese Plätze an Miete einnehme.«

Flavia blickte erstaunt auf. Auch Lupus machte große Augen.

»Wir haben tausend Denarii eingenommen?«, fragte sie erstaunt. »Wie denn das?«

»Ganz einfach. Ich habe auf alle Pferde gesetzt, die Nubia empfohlen hat. Bis jetzt hat sie richtig gelegen.«

Flavia, Aristo und Lupus starrten Nubia mit offenem Mund an. Sie sah nicht weniger überrascht aus.

»Meine Lieben. Was glaubt ihr denn, wo ich vor jedem Rennen hingelaufen bin? Etwa zu den Latrinen?«

Aristo sagte etwas auf Griechisch zu Sisyphus und der antwortete in derselben Sprache. Plötzlich hielt er inne und blickte Flavia an.

»Wieso schaust du mich so beleidigt an?«, fragte Sisyphus. »Ach so, wir sollen uns ja nicht auf Griechisch unterhalten.« Er dämpfte die Stimme. »Aristo hat gesagt, er dachte, dass auf diesen Plätzen hier nur Senatoren und Bürger sitzen dürfen. Und ich sagte, dass er zwar Recht hat, aber dass ich eine Vereinbarung mit dem Verwalter getroffen habe. Der Senator besucht die Rennen selten, das heißt, diese wertvollen Plätze wären jetzt leer geblieben. Wenn wir nicht gekommen wären.«

»Heißt das, dass Ihr und der Verwalter die Plätze vermietet?«, flüsterte Aristo.

Sisyphus nickte. »Die Einnahmen teilen wir uns. Aber wir vermieten sie nur an anständige Familien, die sich ordentlich benehmen und sich nicht so leichtsinnig über das Geländer beugen und Pistazienschalen auf die Rennbahn schnipsen, Lupus.«

Lupus lehnte sich zurück und grinste.

Sisyphus sah Lupus finster an, doch dann zwinkerte er kurz mit den Augen, ehe er den Blick abwandte. Plötzlich keuchte er auf. »Beim Pfau der großen Juno! Ist das etwa Celer, der da drüben in der Nähe der Kaiserloge sitzt? Ich dachte, der wäre schon vor Jahren gestorben. Flavia! Das ist Celer!«

»Welcher Celer?«

»Marcus Vibius Celer. Der Architekt. Der Mann, dessen Pläne du schon seit Tagen studierst!«

»Ach, der Celer!«, rief Flavia. Sie sprang auf und die Pistazienschalen flogen in alle Richtungen.

»Ja.« Sisyphus nickte. »So, es ist längst Zeit für euch, nach Hause zu gehen. Könnt Ihr sie vielleicht zurückbringen, Aristo?«

»Ich denke schon, dass ich den Weg finde«, erwiderte der junge Grieche.

»Das ist kein Problem«, sagte Flavia. »Wir folgen einfach dem großen Aquädukt den Hügel hinauf.«

»Und ich«, erklärte Sisyphus, »werde zu dem alten Celer hinübergehen und ihm meine Aufwartung machen. Er ist mir noch eine Gefälligkeit schuldig. Und wenn es jemanden gibt, der über geheime Gänge oder Türen zum Goldenen Haus Bescheid weiß, dann er. Schließlich hat er es erbaut.«

SCHRIFTROLLE XVIII

Jonathan ließ sich an der Hand des kleinen Mädchens durch die Dunkelheit führen.

»Woher kennst du den Weg?«, fragte Jonathan ins Leere. »Und wie hast du diese Tunnel ausfindig gemacht?« Er hörte seine Stimme von den feuchten Wänden widerhallen.

»Ich habe dir doch gesagt, dass ich von Geburt an hier wohne«, ertönte Rizpahs Stimme. »Es gibt überall Tunnel. Ein paar sind inzwischen zugemauert, aber die meisten nicht. Meine Mutter sagt, das Biest hätte sie gebaut.«

»Das Biest?« Jonathans Aramäisch war ein wenig verkümmert. Sein Vater hatte immer darauf bestanden, dass zu Hause Hebräisch gesprochen wurde.

»Das Biest. Neeron Kesar.«

»Ach so. Du meinst Nero.«

»Sag ich doch.«

»Rizpah, ist deine Mutter auch hier?«

»Natürlich.«

»Kann ich sie sehen?«

Rizpah musste stehen geblieben sein, denn er stieß plötzlich mit ihr zusammen.

»Entschuldigung, Rizpah.«

»Jonathan.« Er konnte an ihrem Tonfall hören, dass sie versuchte, geduldig mit ihm zu sein. »Willst du, dass ich dich hier rausbringe, oder willst du meine Mutter kennen lernen?«

»Sind noch andere Frauen bei deiner Mutter?«

»Klar. Sie weben zusammen im achteckigen Zimmer.«

»Rizpah«, sagte er ins Leere. »Ich wünsche mir nichts sehnlicher, als hier wieder herauszukommen. Aber ich bin nach Rom gekommen, um meine Mutter zu finden. Sie heißt Susannah. Gibt es unter den anderen Frauen eine namens Susannah ben Jonah?«

Es entstand eine lange Pause. Wenn er nicht ihre feuchte, kleine Hand gehalten hätte, hätte er sich allein geglaubt.

Schließlich ertönte Rizpahs Stimme aus der Dunkelheit. »Es gibt eine Frau, die heißt Susannah die Schöne. Aber sie ist nicht bei den anderen. Sie webt allein.« Er spürte, wie sie die Hand zur Faust ballte. »Sie nennen sie die Verräterin.«

Als Flavia und ihre Freunde aus dem schattigen Ausgang des Circus Maximus in die glühende Nachmittagshitze traten, stob eine Gruppe verwilderter Katzen auseinander, die ein paar Essensreste ergattert hatten. Die meisten Katzen liefen davon, aber eine – eine Schildpattkatze – schaute sie mit runden Augen an.

»Beim Pfau der großen Juno!«, rief Flavia aus. »Feles!«

»Was?«, fragte Aristo. Lupus riss die Augen auf, als wollte er dieselbe Frage stellen.

»Feles … Fuhrmann?«, fragte Nubia.

»Genau! Wie dumm von mir!« Flavia schlug sich mit der flachen Hand auf die Stirn. »Die Katze da hat mich an ihn erinnert. Feles hat uns doch erzählt, seine Freundin sei Sklavin im Kaiserpalast auf dem Palatin. Die weiß vielleicht, wie man hineingelangt. Dass mir das nicht schon früher eingefallen ist!«

»Macht nichts, dafür ist es dir jetzt eingefallen«, sagte Aristo. »Wie finden wir sie denn?«

»Da müssen wir Feles fragen. Er wohnt in der Taverne zur Eule – gleich hinter dem Tor.«

»Welches Tor meinst du?«

»Das Tor mit den drei Bögen neben der weißen Pyramide.«

»Das ist das Ostia-Tor«, sagte Aristo. »Das ist ganz in der Nähe.«
Lupus hielt seine Wachstafel hoch:

WORAUF WARTEN WIR DANN NOCH?

»Rizpah«, flüsterte Jonathan. »Ich glaube, ich sehe Licht weiter vorn.«

»Das ist der achteckige Raum«, ertönte Rizpahs Stimme. »Dort ist meine Mutter.«

Sie krochen durch einen niedrigen Tunnel. Es wurde langsam heller, erst grau, dann golden. Schließlich erreichten sie das rechteckige Ende des Tunnels.

Jonathan spähte hinaus und blinzelte, bis sich seine Augen an das Licht gewöhnt hatten. Dann sah er unter sich einen riesigen, achteckigen Raum voller Frauen, die an Webstühlen saßen und webten. Auch in den fünf großen, gewölbten Nischen saßen webende Frauen.

Die riesige, gewölbte Decke, die mit rauem Putz ausgekleidet war, wurde von dem Licht, das durch ein großes, rundes Oberlicht fiel, golden beleuchtet. Der Sonnenstrahl erhellte den Wollstaub, der in der Luft schwebte. Für Jonathan sah er aus wie eine dicke goldene Säule, die zur Seite gekippt war.

Irgendwo links von ihm hörte er Wasser plätschern.

»Was ist das hier?«, flüsterte Jonathan.

»Ich glaube, das war früher das Esszimmer von dem Biest«, sagte Rizpah. »Meine Mutter nennt es den Pavillon. Als sie nämlich das erste Mal hierher kam, war die Kuppel innen mit Stoff bespannt, sodass es aussah wie ein großes Zelt. Ich war damals noch nicht auf der Welt, deshalb habe ich es nicht gesehen.« Sie deutete auf eine Frau. »Das da drüben ist meine Mutter. Die mit dem flaumigen braunen Haar. Siehst du sie? Sie arbeitet an einem rotblauen Teppich. Sie heißt Rachel.«

Alle Frauen trugen schwarze Roben, als wären sie in Trauer. Ein paar von ihnen hatten sich einen schwarzen Schal um den Kopf gebunden, doch die meisten trugen ihr Haar unbedeckt.

»Und Susannah die Schöne?«, fragte Jonathan.

Rizpah blickte ihn mit ihren rosaroten Augen an. »Die ist nicht hier.«

»Ich weiß. Aber kannst du mich zu ihr bringen?«

Rizpah nickte. »Ja. Willst du sie jetzt sehen oder zuerst mit meiner Mutter sprechen?«

»Ich möchte sie gern jetzt sehen«, erwiderte Jonathan aufgeregt.

»Dann müssen wir weitergehen«, sagte Rizpah. »Sie befindet sich in einem Raum, den wir die Zyklopenhöhle nennen.«

Flavia und ihre Freunde fanden die Taverne zur Eule in einem Wohnblock mit hohen Mietshäusern. Die Straße hier war so eng, dass die Sonne höchstens um die Mittagszeit hereinscheinen konnte.

»Keine schöne Gegend«, sagte Aristo, als er den Vorhang der Sänfte aufzog, um Flavia, Nubia und Lupus aussteigen zu lassen.

Der Geruch von saurem Kohl vermischte sich mit widerlichem Abwassergestank. Flavia schrie auf, als etwas auf ihre Schulter tropfte, aber es war nur die nasse Wäsche, die über ihr hing.

»Wenigstens haben wir Bulbus und Caudex als Beschützer dabei«, sagte sie und versuchte, durch den Mund zu atmen.

Aristo blickte sich um. »Trotzdem gefällt es mir hier nicht. Lasst uns schnell diesen Feles suchen und dann von hier verschwinden.«

Der Wirt war ein furchtbar hässlicher Mann mit einer Hasenscharte und einem schielenden Auge. »Ja, Feles wohnt hier«, lispelte er. »Aber er ist nicht da. Er ist mit seiner Freundin zu den Wagenrennen gegangen.« Der Wirt grinste, und unter seiner gespaltenen Lippe kamen orange verfärbte Zähne zum Vorschein, was wohl vom vielen Wein herrührte.

»Von dort kommen wir gerade«, sagte Flavia und starrte ihm fest in sein normales Auge, um den Rest seines Gesichts nicht sehen zu müssen. »Die Rennen müssten inzwischen zu Ende sein.«

»Dann wird er wohl jeden Moment kommen. Wollt ihr so lange einen Krug Wein?«

»Nein«, antwortete Aristo hastig. »Wir müssen zurück. Aber könntet Ihr Feles etwas ausrichten? Er soll bitte zum Haus von Senator Cornix auf dem Caelius-Hügel kommen. Das ist das Haus mit den blauen Türen am Fuß des Aquädukts.« Er warf dem Wirt eine Kupfermünze zu.

Die anderen wollten schon gehen, aber Flavia blieb noch einen Augenblick stehen und zwang sich, den Wirt anzusehen.

»Bitte richtet Feles aus, dass Flavia Gemina seine Hilfe benötigt«, sagte sie höflich.

»Pass auf, Jonathan«, sagte Rizpah, »der Boden hier ist rutschig.« Sie bewegten sich jetzt durch eine Art Kanal vorwärts. Durch einen flachen Betontrog in der Mitte floss Wasser. Daneben war gerade so viel Platz, dass sie auf dem Bauch vorwärts kriechen konnten. Rizpah schlängelte sich mühelos auf der rechten Seite des Kanals entlang, während Jonathan sich mühsam auf der linken Seite vorwärts schob. Sie steuerten auf einen dünnen, augenförmigen Lichtstreifen zu.

Der Lichtstreifen wurde größer und heller und Jonathan konnte Wasser sprudeln hören. Das Brandmal auf seinem linken Arm schmerzte, und seine Ellbogen waren ganz wund von dem rauen Boden, aber er biss die Zähne zusammen und kroch weiter.

Dann fiel das Wasser plötzlich ab und platschte auf behauene Felsen und in einen Teich.

Als sich seine Augen an die Helligkeit gewöhnt hatten, sah sich Jonathan vor einem großen gewölbten Raum, der wie eine Höhle angelegt war. Der Fußboden bestand aus glänzendem schwarzem Marmor und die Wände waren mit Muscheln, Bimsstein und unechten Perlen besetzt. Aus Gips geformte Stalaktiten hingen von der Decke.

Am anderen Ende dieser künstlichen Höhle konnte Jonathan Säulen erkennen, die sich gegen den hellen Garten, der dahinter lag, abzeichneten. Das sanfte, grünlich gelbe Licht, das aus dem Hof hereinschimmerte, spiegelte sich in dem Teich wider und warf helle, zitternde Ringe an die Stalaktiten.

Auf der helleren Seite dieses seltsamen Raumes saß eine Frau ganz allein an einem Webstuhl. Jonathan konnte ihr Gesicht nicht erkennen, weil sie sich gerade zum Garten umgewandt hatte, aber er sah, dass sie eine schwarze Robe trug, so wie alle Sklaven von Titus. Ihr Kopf war unbedeckt und ihr schwarzes Haar so glatt wie Seide.

Dann drehte die Frau sich wieder zum Webstuhl um. Als Jonathan ihr Profil sah, klopfte sein Herz so heftig, dass er glaubte, sterben zu müssen. Sie war schön, so wie Miriam, und hatte die gleichen dunklen Augenbrauen, die gleiche gerade Nase und die gleichen vollen Lippen.

Er wusste, das war seine Mutter.

Während er sie ansah, tauchte ein Mann im Garten auf. Sein stämmiger Körper zeichnete sich umrissartig zwischen den Säulen ab, als er sich der Frau näherte. Sie drehte sich um und stand mit dem Rücken zu Jonathan auf.

Der Mann ging auf die Frau zu und nahm ihre Hände. Sie war so groß wie er und er blickte ihr direkt ins Gesicht. Der Mann schüttelte den Kopf, legte seine Arme um die Frau und klopfte ihr sanft auf den Rücken, wie um sie zu trösten.

Er war von kräftiger Statur, hatte einen eckigen Kopf und rotblondes Haar. Und obwohl er weder seine purpurfarbene Toga trug noch seinen goldenen Kranz, wusste Jonathan, dass der Mann, der seine Mutter umarmte, Kaiser Titus war.

SCHRIFTROLLE XIX

Als Flavia und die anderen von der Taverne zur Eule zurückkehrten, wartete Sisyphus bereits im Atrium auf sie.

»Wo wart ihr denn?«, fragte er. Seine Augen leuchteten.

»Wir waren in einem Wirtshaus in der Nähe der großen Pyramide beim Ostia-Tor«, antwortete Flavia. »Die Freundin unseres Fuhrmanns ist Sklavin im Kaiserpalast, deshalb wollten wir ihn aufsuchen.«

»Und, Glück gehabt?«, fragte Sisyphus und kicherte.

»Nein«, sagte Aristo. »Aber du hörst dich so an, als hättest du Glück gehabt.«

»Ja, ja, ja!« Sisyphus klatschte in die Hände. »Liebe Flavia, erinnerst du dich an die Pläne des Goldenen Hauses, über denen wir gebrütet haben? Und an die Wände, die als Doppellinien eingezeichnet waren?«

»Ja«, erwiderte Flavia. »Eine schwarze Linie neben einer roten. Wir dachten, diese Wände wären besonders dick.«

»Nein, nein, nein! Celer hat mir erzählt, dass die roten Linien auf Geheimtunnel hinweisen!«

»Aber das bedeutet«, sagte Flavia mit großen Augen, »dass es im Goldenen Haus dutzende von Tunneln gibt!«

»Und erinnerst du dich, wie wir darüber gerätselt haben, warum eine oder zwei rote Linien in die Gärten hinausführen? Das müssen die Stellen sein, wo die Tunnel nach draußen führen!«

»Oder nach drinnen«, sagte Flavia nachdenklich.

»Warum hast du mir nicht gesagt, dass der Kaiser und meine Mutter ein Liebespaar sind?«, fragte Jonathan Rizpah.

Sie waren inzwischen zu einem von Rizpahs Verstecken zwischen dem achteckigen Raum und der Zyklopenhöhle zurückgekrochen.

»Sie sind kein Liebespaar«, erwiderte sie. »Alle Frauen denken, dass sie es sind, aber ich weiß, dass das nicht stimmt.«

»Aber mir kam es auch so vor.«

»Sie sind nur Freunde. Er besucht sie jeden Tag und unterhält sich mit ihr, aber er verbringt nicht die Nächte bei ihr. Manchmal verstecke ich mich hier und höre ihnen heimlich zu.«

»Wie lange geht das schon so?«

»Seit Berenice weggegangen ist. Seit fünf oder sechs Monaten.«

Jonathan stöhnte und lehnte sich gegen die feuchte Mauer. All die Jahre hatte er geglaubt, seine Mutter sei tot. Dabei war sie hier in Rom gewesen, weniger als fünfzehn Meilen von Ostia entfernt. Und Titus, der größte Feind der Juden, war seit einem halben Jahr täglich bei ihr, sprach mit ihr, hielt ihre Hand, blickte ihr in die Augen.

Jonathan fühlte sich elend und rang nach Atem. Er schloss die Augen und rief sich seine erste Begegnung mit Titus vor knapp einem Monat in Erinnerung, am Strand südlich von Stabia. Titus hatte es sehr eilig gehabt, nach Rom zurückzukehren. Warum? Um bei ihr zu sein?

Jonathan öffnete die Augen.

Alles, was Onkel Simeon ihm erzählt hatte, ergab jetzt einen Sinn.

Rizpah, die an der gegenüberliegenden Wand lehnte, beobachtete ihn. Von irgendwo oben drang Licht herein. Jonathan sah neben ihr einen Haufen Lumpen liegen – vermutlich ihr Bett. Daneben befanden sich ein paar schwarze Brotlaibe und ein Tonkrug.

»Rizpah«, murmelte er, immer noch schwer atmend. »Ich muss dir etwas sagen. Ich muss es jemandem sagen, und ich weiß nicht, wem sonst.«

»Dann sag es mir«, erwiderte sie. »Aber trink zuerst das hier.« Sie hielt ihm den Krug hin.

Er nickte und trank direkt aus dem Krug, in langen, gierigen Zügen, dann schnappte er nach Luft.

»Und iss das hier.« Rizpah brach ein Stück Brot ab und reichte es ihm.

»Ich kann nicht. Wenn ich das esse, muss ich mich bloß übergeben.«

»Nein, bestimmt nicht«, antwortete sie erstaunlich überzeugt. Sie drückte ihm das Brot in die Hand. »Iss es«, sagte sie.

Das Brot war lederartig, aber es schmeckte nach Honig. Es war gut.

»Und du brauchst noch etwas«, sagte sie.

»Was?«

»Das.« Rizpah griff in den Lumpenhaufen hinein und holte ein kleines graues Flaumknäuel hervor. Sie legte es Jonathan auf den Schoß. Es war warm und miaute.

»Ein Kätzchen«, sagte Jonathan und hielt das winzige Tierchen hoch. Die Mutterkatze hob den Kopf aus ihrem Lager und musterte Jonathan. Dann senkte sie den Kopf wieder, um sich um ihre anderen Jungen zu kümmern.

Jonathan umschloss das Tier mit seinen Händen und hielt es dicht an seine schmutzige schwarze Tunika. Als das Kätzchen die Wärme seines Körpers spürte und seinen Herzschlag hörte, fing es an zu schnurren.

»Nicht zu fassen«, flüsterte Jonathan kopfschüttelnd.

»Was ist nicht zu fassen?«

»Dass so ein Winzling so ein lautes Geräusch machen kann.«

Und dann, endlich, weinte er.

»Ja, ich war früher Sklavin im Goldenen Haus«, sagte Feles' Freundin Huldah. »Aber Königin Berenice konnte mich nicht leiden, deshalb schickte sie mich in den Kaiserpalast auf dem Palatin. Da gefällt es mir viel besser. Ich bekomme einen Tag in der Woche frei und kann Feles treffen, wenn ich auf den Markt gehe.«

Feles und Huldah waren zur fünften Stunde nach Mittag zum Haus von Senator Cornix gekommen, gerade als das Abendessen serviert wurde.

Flavia runzelte die Stirn. »Aber gehört denn der Palast auf dem Palatin nicht mit zum Goldenen Haus? Ich meine, den Plänen nach … erstreckt sich das Goldene Haus denn nicht über drei Hügel?«

Huldah zuckte mit den Schultern und knabberte mit ihren kleinen weißen Zähnen an einem Hühnerbein. Sie war außerordentlich hübsch mit ihrer kurvenreichen Figur und ihren schräg stehenden schwarzen Augen. »Ich weiß nicht«, sagte sie mit vollem Mund. »Ich weiß nur, dass wir es das Goldene nennen, und das liegt nicht auf dem Palatin, sondern auf dem Esquilin. Das ist der Hügel auf der anderen Seite des neuen Amphitheaters. Wir nennen ihn den Oppian-Hügel.«

»Der Festpavillon!«, rief Sisyphus aus. »Celer hat mir davon erzählt. Das war ein riesengroßer Komplex, der nur aus Speisesälen für Nero bestand, in denen er seine Gäste unterhielt und mit seinen Kunstwerken protzte.«

Aristo nickte. »Wer wohnt denn dann im Goldenen Haus auf dem Oppian-Hügel?«

»Dort lagen Berenices Räume«, sagte Huldah. »Gerade weit genug vom offiziellen Palast entfernt, um nicht aufzufallen, aber nah genug für Titus, um sie zu besuchen. Beziehungsweise umgekehrt. Nach der Zerstörung Jerusalems bat sie Titus, alle edlen Frauen Jerusalems zu verschonen. Das tat er auch. Wir waren sein Geschenk an sie.«

Huldah saugte die letzten Fleischfetzen von ihrem Hühnerbein und nahm sich eine Hand voll Oliven.

»Berenice hat sich um uns gekümmert«, sagte sie und goss sich Wein nach. »Wir webten schöne Teppiche und erzählten einander

Geschichten und manchmal gab es Musik. Einige Frauen haben sogar ihre Kinder bei sich. Sie haben eine eigene Sklavenschule. Und Titus ließ uns den Sabbat einhalten und unsere Festtage feiern.« Sie spuckte einen Olivenkern auf ihren Teller und grinste. »Es gab nur eins, was wir vermisst haben.« Dabei schlang sie den Arm um Feles und drückte ihn an sich. »Männer.«

»Gehst du je wieder zurück?«, fragte Flavia.

Huldah schnaubte verächtlich. »Da kriegt mich keiner mehr hin. Außerdem, wenn man einmal das Goldene Haus verlassen hat, kann man sowieso nicht mehr zurück. Dann ist man unrein oder so was.«

»Geht denn sonst auch niemand dorthin?«

»Niemand außer Titus und weiblichen Musikanten. Er bekommt manchmal schlimme Kopfschmerzen, und Musik ist das Einzige, was ihm hilft. Ach ja, und manchmal kamen auch Kinder zur Unterhaltung. Aber keine Männer. Wir waren wie der Harem des Kaisers, nur dass Berenice die Einzige war, die er je besuchte.« Sie machte einen Schmollmund.

»Warum hat Berenice dich weggeschickt?«, fragte Sisyphus. Dann fügte er in verschwörerischem Ton hinzu: »Oder soll ich das lieber nicht fragen?«

Huldah blickte unter ihren dichten Wimpern zu ihm auf und steckte sich die nächste Olive in den Mund. Dann grinste sie. »Was meinst du wohl? Berenice war eifersüchtig auf mich. Ich war fünfzehn und sie fast fünfzig. Sie hat einmal gesehen, wie Titus mich angeschaut hat. Und ecce!« Huldah spuckte den Olivenkern über den Hof. »Schon war ich weg, wie der Stein von einer Balliste.«

Lupus brach in schallendes Gelächter aus.

Feles blickte Huldah an. »Du bist eben schön genug für eine Kaiserin.«

Huldah kreischte vor Lachen und stieß ihn in die Rippen. »Ach du!« Sie trank einen ordentlichen Schluck Wein, und als sie sich mit dem Handrücken den Mund abwischte, klimperten ihre Kupferarmreife. »Ich bin ganz vernarrt in mein kleines Katerchen.« Wieder drückte sie Feles an sich und knabberte an seinem Ohrläppchen. »Ohne ihn könnte ich gar nicht mehr leben.«

Flavia blickte in die Runde. Aristo, Caudex und Bulbus hatten glasige Augen. Sogar Lupus starrte Huldah mit offenem Mund an. Sisyphus zwinkerte Flavia zu und sie räusperte sich.

»Huldah«, sagte sie. »Gab es unter den Sklavinnen aus Jerusalem eine namens Susannah? Susannah ben Jonah?«

Huldah machte ein mürrisches Gesicht. »Es gibt zwei oder drei Frauen, die Susannah heißen«, antwortete sie. »Und eine nennen sie Susannah die Schöne. Aber die ist viel älter als ich. Und ich finde sie gar nicht so besonders schön.« Huldah warf ihr Haar nach hinten und wandte sich Feles zu. »Komm, wir gehen, Katerchen«, sagte sie. »Ich kriege Ärger, wenn ich nicht bald zurück bin.«

Irgendwo in einem Geheimzimmer des Goldenen Hauses saß Jonathan und trocknete sich die Augen. Die Tränen hatten ihn etwas erleichtert. Seine Mutter war Sklavin des Kaisers, aber immerhin war sie am Leben. Und solange sie lebte, bestand die Hoffnung, dass er sie retten und irgendwie nach Hause bringen konnte.

Er legte das Kätzchen in seine linke Armbeuge und spürte, wie dessen winzige, spitze Krallen sich in seine Hand gruben. Aber das war nichts im Vergleich zu dem höllischen Schmerz des Brandmals auf seiner Schulter. Mit der rechten Hand griff er langsam nach einem Stück Brot.

»Du wolltest mir etwas Wichtiges sagen«, erinnerte ihn Rizpah.

Jonathan nickte und biss in das Brot. »Kennst du Königin Berenice?«

Rizpah nickte. »Ja, die habe ich gekannt. Bis sie vor sechs Monaten weggegangen ist.«

»Ist sie nett?«

Rizpah zuckte mit den Schultern. »Sie war freundlich zu uns. Aber sie sprach über nichts anderes als über Titus und darüber, dass sie eines Tages Kaiserin sein würde. Als Vespasian starb und Titus vor ein paar Monaten Kaiser wurde, kam sie zurück. Aber ohne sie überhaupt gesehen zu haben, schickte er sie zum zweiten Mal innerhalb eines halben Jahres weg.«

»Ja«, sagte Jonathan und dachte über das nach, was Simeon ihm erzählt hatte. »Das passt zusammen. Letzten Monat tauchte Berenice in Korinth auf – da muss Titus sie gerade zum zweiten Mal weggeschickt haben. Korinth ist eine griechische Stadt am Meer, wo es viele jüdische Sklaven gibt. Sie besuchte die Sklaven und gab vor, einige von ihnen als Leibwächter für den Kaiser kaufen zu wollen. Aber in Wirklichkeit schaute sie sich nach Auftragsmördern um, die sie nach Rom zurückschicken wollte.«

»Um Titus zu töten?« Rizpah runzelte die Stirn. »Aber sie liebt ihn. Auch wenn er sie immer wieder wegschickt. Außerdem, wenn sie ihn umbringen lassen würde, würde sie nie Kaiserin werden.«

»Nein, nicht um den Kaiser zu töten«, erwiderte Jonathan. »Berenice hat drei Männer damit beauftragt, die Frau zu töten, in die er sich ihrer Meinung nach verliebt hat.«

Rizpahs helle Augen weiteten sich. »Deine Mutter!«, stieß sie hervor.

Jonathan nickte. »Mein Onkel hat mir nichts Genaueres erzählt, aber ich habe es ja selbst gesehen. Berenice denkt bestimmt, wenn meine Mutter Susannah tot ist, wird Titus zwar eine Weile traurig sein, aber dann wird er sie zu sich zurückholen, und alles wird wieder sein wie früher. Und er macht sie zur Kaiserin. Deshalb hat sie diese Männer dafür bezahlt, dass sie meine Mutter umbringen. Was Berenice nicht weiß: Einer der Männer, die sie mit dem Mord beauftragt hat, ist Simeon, der Bruder meiner Mutter.«

»Bestimmt steht sie unter Gottes Schutz«, sagte Rizpah.

»Ja. Das denkt mein Onkel auch. Als Berenice ihn bat, nach

Rom zu fahren und eine Jüdin namens Susannah die Schöne zu töten, kam ihm der Verdacht, es könnte sich um seine Schwester handeln. Also nahm er den Auftrag an, setzte sein Leben aufs Spiel und kam her, um seine Schwester zu warnen, falls sie es wirklich ist. Er weiß, wie die beiden anderen Auftragsmörder aussehen. Jeder hat einen anderen Weg genommen, und ich glaube, mein Onkel war zuerst hier.«

»Wieso hat sich dein Onkel als Musikant verkleidet? Warum hat er Titus nicht einfach vor den anderen beiden Mördern gewarnt?«

»Berenice hat meinem Onkel und den beiden anderen Männern erzählt, dass sie einen Agenten im Palast hat – irgendein hohes Tier –, aber sie hat ihnen nicht gesagt, wer es ist. Sie sagte nur, ihr Agent würde sie beobachten und töten, wenn sie versuchen würden, Titus zu warnen. Und sie würden erst ihr Geld bekommen, wenn sie ihren Job erledigt haben.«

Rizpah nickte, und Jonathan fuhr fort: »Mein Onkel hat versucht, direkt an den Kaiser heranzukommen, ohne dass jemand herausfindet, wer er ist. Aber dann hat Domitian uns geschnappt...« Jonathan hörte auf, das Kätzchen zu streicheln. »Inzwischen haben sie wohl Simeon die großen Zehen abgeschnitten, sodass er nicht mehr laufen kann, und ihn blind gemacht, sodass er noch nicht einmal auf die anderen beiden Mörder aufmerksam machen kann.« Jonathan ließ den Kopf hängen. »Und das ist alles meine Schuld. Alles.«

SCHRIFTROLLE XX

»Wieso ist alles deine Schuld?«, fragte Rizpah.

Jonathan wischte sich mit dem Handrücken über die Augen. »Als ich geboren wurde, lebten wir in Jerusalem. Aber mein Vater wusste von einer Prophezeiung, die den Untergang Jerusalems vorhersagte. ›Wenn du Jerusalem von Armeen umzingelt siehst, weißt du, dass seine Zerstörung bevorsteht.‹ Das zitiert mein Vater immer wieder«, fügte Jonathan hinzu. »Er brachte Miriam und mich in ein Dorf namens Pella, wo noch andere… wo er uns in Sicherheit glaubte. Aber meine Mutter weigerte sich mitzukommen.«

»Warum?«, fragte Rizpah.

»Ich weiß es nicht. Ich weiß nur, dass es etwas mit mir zu tun hatte.«

»Aber warst du nicht noch ein Baby?«

Jonathan nickte. »Ich war eineinhalb Jahre alt.«

»Wie kannst du dann schuld gewesen sein?«

»Ich weiß es nicht. Aber letzte Woche habe ich gehört, wie mein Onkel zu meinem Vater gesagt hat, seine Schuld sei es nicht gewesen. Er sagte: ›Sie beschloss, wegen Jonathan in Jerusalem zu bleiben.‹ Ich bin sicher, dass sie von meiner Mutter sprachen, denn mein Vater fing an zu weinen.«

Jonathan spürte, dass Rizpah ihn beobachtete, während er das Kätzchen streichelte.

»Und du bist sicher, dass dein Onkel dich gemeint hat?«, fragte sie leise.

»Wen soll er denn sonst gemeint haben?«, entgegnete Jonathan. »Außerdem habe ich immer gewusst, dass es meine Schuld war.«

»Woher?«

»Ich weiß es einfach.«

»Und deshalb hast du dein Leben riskiert, um sie zu retten«, sagte Rizpah.

Jonathan nickte. »Ich muss es wieder gutmachen«, erklärte er. »Ich muss einen Weg finden, sie zu retten und nach Hause zu bringen.«

»Hier!«, rief Flavia und drückte ihren Zeigefinger auf die Schriftrolle. »Dieser Eingang neben dem See führt zu dem großen, achteckigen Raum. Da könnten wir hineingelangen.«

»Ach, ist das aufregend, findet ihr nicht?«, sagte Sisyphus.

Flavia sah zu ihm auf.

»Sisyphus. Ihr habt doch gehört, was Huldah gesagt hat: Nur Frauen und Kinder werden in das Goldene Haus hineingelassen.«

»Nichts da!« Die Schriftrollen hüpften in die Luft, als Aristo die Faust auf den Tisch knallte. »Ihr glaubt doch wohl nicht, dass ich euch ganz allein durch irgend so einen Tunnel kriechen lasse? Kommt nicht infrage!«

»Aber Jonathan ist unser Freund. Wir müssen etwas unternehmen!«

»Flavia.« Aristo fuhr sich mit der Hand über die Stirn. »Jonathan liegt auch mir am Herzen. Aber ich kann euch nicht erlauben, allein da hineinzugehen.«

»Wahrscheinlich gelangen wir ja noch nicht mal bis in die Gärten«, erwiderte Flavia. »Aber können wir uns das nicht wenigstens mal ansehen? Ich verspreche, wir unternehmen nichts, solange du uns nicht die Erlaubnis gibst. Bitte, Aristo!«

»Jonathan«, sagte Rizpah. »War dein Onkel der Einzige, der wusste, wie die anderen beiden Auftragsmörder aussehen?«

Es war dunkel in Rizpahs Versteck, denn die Nacht war hereingebrochen. Es war gerade genug Platz auf dem Lumpenhaufen für Jonathan, Rizpah und die Kätzchen.

»Ja«, antwortete Jonathan. »Aber er hat sie mir beschrieben. Einer heißt Eliezar. Mein Onkel hat gesagt, er sei groß und habe rotes Haar und einen roten Bart und eine Narbe auf der Stirn. Der andere heißt Pinchas. Er ist klein und dunkelhaarig und sein eines Auge ist halb braun, halb blau. Gut, dass Männer nicht ins Goldene Haus dürfen«, fügte er hinzu.

Es entstand eine Pause und nur das Schnurren des Kätzchens war zu hören. Dann sagte Rizpah: »Das stimmt nicht ganz…«

Lupus, Flavia und Nubia standen in einem Dreieck zueinander und warfen sich langsam einen Lederball zu. Aristo und Sisyphus standen leise plaudernd in der Nähe und starrten das neue Amphitheater an. Lupus wusste, um Trigon richtig zu spielen, hätten sie den Ball sehr schnell und so hart wie möglich werfen müssen. Aber in Wirklichkeit hatten sie nicht den Ball im Visier, sondern die Gärten hinter einer dicken Mauer.

Es war noch früh am Morgen und sie standen auf der Schattenseite des Oppian-Hügels. Links unter ihnen lag das neue Amphitheater so nah, dass Lupus ab und zu die Rufe der Sklaven auf dem Gerüst hören konnte. Zu ihrer Rechten ragten hohe Schirmkiefern, Zypressen und Zedern hinter der Mauer auf. Das waren die Gärten des Goldenen Hauses. Sie hatten eine etwas höher gelegene Stelle vor der Mauer ausfindig gemacht und Aristo konnte beinahe hinübersehen.

Als sie nah genug an der Mauer waren, um die Risse in dem gelben Putz zu erkennen, nickte Flavia Lupus zu, und er warf den Ball mit Absicht über die Mauer.

»Oje!«, rief Flavia laut, falls irgendwelche Wächter in der Nähe waren. »Unser Ball ist über die Mauer geflogen. Was machen wir jetzt? Sklaven! Kommt her und helft uns!«

Aristo und Sisyphus blickten sich an und grinsten.

»Was wünscht Ihr, Herrin?«, fragte Sisyphus in gespielt unterwürfigem Ton.

»Heb meinen kleinen Bruder hoch, damit er sehen kann, wo unser Ball hingeflogen ist«, befahl Flavia.

Lupus spürte, wie die beiden Griechen ihn an den Beinen hochhoben. Kaum ragte sein Kopf über die Mauer, traf sich sein Blick mit einem Paar finsterer Augen unter einem glänzenden Helm. Eine Wächterin!

»Aaah!«, schrie Lupus und schlug wild mit den Armen um sich.

Erschrocken kreischten Flavia und Nubia auf. Aristo und Sisyphus versuchten fluchend, Lupus festzuhalten. Es gelang ihnen zwar, ihn nicht fallen zu lassen, aber sie plumpsten alle drei zu Boden.

»O Pollux!« Sisyphus wischte sich den Dreck ab. »Meine beste malvenfarbene Tunika ist ganz voller Kiefernnadeln und Staub!«

Lupus hatte zwar nur einen kurzen Blick über die Mauer werfen können, aber ihm war aufgefallen, dass die Gärten terrassenförmig angelegt waren. Der Boden lag auf der anderen Seite der Mauer viel höher. Lupus, Aristo und Sisyphus rappelten sich hoch und blickten zu dem Gesicht auf, das finster auf sie herabstarrte.

»Was fällt euch ein?«, fragte die Wächterin streng.

»Entschuldigung«, sagte Flavia mit ihrer Kleinmädchenstimme. »Wir haben bloß gespielt, da ist uns der Ball rübergeflogen.«

»Seht Ihr ihn?«, fragte Nubia.

»Unsere Sklaven haben meinen kleinen Bruder bloß hochgehoben«, fügte Flavia hinzu, »damit er sehen kann, wo er hingeflogen ist. Der Ball ist sein Lieblingsspielzeug, stimmt's, Lupus?« Sie warf ihm einen auffordernden Blick zu.

Lupus wandte eine seiner weniger bevorzugten Taktiken an: Er brach in kindische Tränen aus.

»Oje! Nicht weinen, Kleiner! Ich wollte dir doch keine Angst machen.« Der Kopf der Frau verschwand und tauchte kurz danach wieder auf. Der Ball fiel neben ihnen auf den Boden. »Da ist dein Ball. So, und jetzt spielt ihr hier besser nicht mehr. Wisst ihr, warum?«

Lupus und die anderen schüttelten den Kopf.

Die Wächterin versuchte, ein freundliches Gesicht zu machen. »Gestern haben wir einen bösen Mann erwischt, der versucht hat, über diese Mauer zu klettern«, sagte sie. »Einen riesigen rothaarigen Juden mit einem sehr scharfen Messer. Wir glauben, dass er den Kaiser umbringen wollte. Deswegen bewachen wir das ganze Gelände hier besonders sorgfältig. Versteht ihr jetzt, warum ihr hier nicht spielen sollt?«

Lupus schniefte und wischte sich mit dem Finger über die Nase. Die beiden Mädchen nickten schüchtern.

»Wir spielen hier nie wieder«, lispelte Flavia, dann fragte sie zaghaft: »Was ist denn mit dem bösen Mann passiert?«

»Oh, er war ein sehr böser Mann«, sagte die Wächterin. »Sie haben ihn heute im Morgengrauen gekreuzigt.«

SCHRIFTROLLE XXI

Als Jonathan aufwachte, verkrampfte sich sein Magen, als ihm das Unglaubliche wieder einfiel: Seine Mutter war am Leben!

Er lag zusammengerollt auf Rizpahs Lumpenhaufen und blickte in das dämmrige Licht, das von oben hereinschimmerte. Neben ihm miauten die Kätzchen. Sie suchten ihre Mutter.

Er konnte die salzige Feuchtigkeit der Wände riechen und den leicht süßen Geruch von Katzenmilch.

Die Mutterkatze kam hereingeschlichen. Rizpah folgte ihr auf allen vieren.

»Hallo, Jonathan, du hast ganz schön lang geschlafen. Es ist schon Nachmittag.«

Er gähnte und zuckte zusammen, als er sich auf dem linken Arm aufstützen wollte.

Rizpah reichte ihm den Krug und er setzte ihn an die Lippen. Es war Buttermilch, dick, sauer und köstlich. Sie erinnerte ihn an zu Hause. An Ostia. Er fragte sich, was wohl sein Vater und Miriam und seine Freunde gerade machten.

Er hielt Rizpah den Krug hin, aber sie schüttelte den Kopf. »Ich habe schon gefrühstückt. Schon lang.« Sie saß im Schneidersitz da und streichelte das kleinste Kätzchen, ein schnurrendes schwarzes Flaumknäuel. Jonathan trank noch einmal und stellte den leeren Krug schließlich ab. Rizpah fuhr mit dem Finger am inneren Rand des Kruges entlang und ließ ihr Kätzchen die Buttermilch ablecken.

Jonathan hob vorsichtig das graue Kätzchen auf, dem er den Namen Odysseus gegeben hatte, und machte es Rizpah nach. Er musste lachen, als er die warme raue Zunge spürte, die seinen Finger abschleckte.

»Rizpah«, sagte er dann. »Musst du denn keine Sklavenarbeit verrichten?«

»Nein. Die Wächter wissen auch gar nicht, dass ich noch hier bin. Meine Mutter und die anderen Frauen wissen es, aber die würden mich nie verraten. Ich gelange überallhin, wo sonst niemand hinkommt, und dann berichte ich ihnen, was ich entdeckt habe. Früher haben die Wächter immer nach mir gesucht, aber sie haben mich nie gefunden.« Sie fuhr erneut mit dem Finger über den Krugrand, dann fügte sie hinzu: »Sie haben auch nach dir gesucht. Aber inzwischen haben sie es aufgegeben.« Sie kicherte. »Die Frauen, die die Sklavenschule leiten, denken, du wärst ins Latrinenloch gefallen.«

»Bei euch unterrichten Frauen?«, fragte Jonathan erstaunt. Und als Rizpah nickte, murmelte er: »Merkwürdig, dass hier überhaupt keine Männer sind.«

»Das war Berenices Idee. Sie wollte keine Männer um sich haben. Nach dem, was passiert ist.«

»Was meinst du?«

»Ich meine, nach dem, was passiert ist, nachdem die Römer die Stadt eingenommen hatten.«

»Ich verstehe noch immer nicht.«

»Jonathan«, sagte Rizpah. »Ich bin acht Jahre alt. Meine Mutter heißt Rachel. Ich weiß nicht, wer mein Vater ist. Auch sie weiß es nicht. Es gibt dreiundzwanzig Kinder hier im Goldenen Haus, alle acht Jahre alt und alle im Juni geboren.«

Jonathan runzelte die Stirn.

»Alle im Juni geboren«, wiederholte Rizpah und fügte dann hinzu: »Neun Monate, nachdem die Legionen die Stadt eingenommen hatten.«

»Oh!«, sagte Jonathan. »Das tut mir Leid.«

»Nicht nötig«, erwiderte Rizpah sachlich und küsste ihr Kätzchen auf die Nase. »Hier bin ich geboren und hier werde ich sterben.«

»Rizpah«, sagte Jonathan. »Ich muss unbedingt meine Mutter sehen. Jetzt wo sie meinen Onkel gefangen genommen haben, bin ich der Einzige, der über die Männer Bescheid weiß, die Berenice mit dem Mord beauftragt hat. Ich muss meine Mutter warnen. Gibt es noch einen Zugang zu ihrem Zimmer außer dem Wassertunnel?«

Rizpah nickte. »Ich habe schon darauf gewartet, dass du mich das fragst. Komm, ich zeige es dir.«

Vor dem Sklaveneingang des Kaiserpalastes auf dem Palatin stand eine fünfköpfige Gruppe reisender Musikanten, drei davon Kinder. Sie trugen Blumenkränze mit eingeflochtenen Bändern auf dem Kopf und jeder hatte eine andersfarbige Tunika an. Die Flötistin war ein dunkelhäutiges Mädchen in Gelb und der Trompeter ein kleinerer Junge in Grün. Das Mädchen mit dem Tamburin trug Blau. Ein hübscher, lockenköpfiger Grieche in einer roten Tunika spielte die Lyra und ein schlanker dunkelhaariger Mann in einer malvenfarbenen Tunika schüttelte eine Kürbisflasche, die mit Linsen gefüllt war.

Das bunte Quintett hatte gerade ein kurzes Musikstück vorgespielt und richtete jetzt den Blick erwartungsvoll auf einen grauhaarigen Sklaven und einen blassen Mann, die im Eingang standen.

Die beiden Männer sahen sich an, nickten und winkten die Musikanten herein.

Jonathan folgte Rizpah durch einen der Tunnel, die auf den achteckigen Raum zuführten, als Rizpah in einen langen, hohen Korridor hinabsprang.

»Das ist ein anderer Weg«, erklärte Rizpah. »Den mag ich eigentlich nicht besonders. Er ist zu hell. Aber es geht schneller.« Der dämmrige, gewölbte Korridor war verputzt und die Wände waren mit zarten Fresken in Violett, Azurblau und Zinnoberrot bemalt. Einige der Ornamentleisten an der Wand hatten das gleiche Muster wie die Teppiche, die die Sklavinnen gewebt hatten. Obwohl das Licht gedämpft war, schirmte Rizpah die Augen ab.

»Sie nennen diesen Korridor den Kryptoportikus. Das bedeutet ›Geheimgang‹, aber eigentlich ist er nicht geheim«, sagte sie. »Ich glaube zwar nicht, dass wir jemandem begegnen, aber falls doch, dann lass mich reden.«

»Ich fürchte, ihr Männer werdet hier auf dem Palatin warten müssen«, sagte Harmonius zu Aristo und Sisyphus. »Der Kaiser wünscht sofort Musik im Goldenen Haus, aber Männer sind nicht zugelassen. Nur Frauen und Kinder. Aber keine Sorge«, fügte er hinzu, als die beiden Griechen protestieren wollten. »Ihr werdet alle großzügig bezahlt und bekommt ein bequemes Quartier. Wenn die Kinder fertig sind, werden sie wieder hierher zurückgeleitet. Dann könnt ihr Domitian etwas vorspielen.«

»Aber wer passt auf sie auf, während sie im Goldenen Haus spielen?«, fragte Aristo.

»Mein Lieber, sie müssen doch nur zum Oppian-Hügel hinüber und dort stehen sie unter dem Schutz des Kaisers. Was kann ihnen denn da schon passieren?«

»Er ist immer noch bei ihr«, flüsterte Jonathan wütend. »Wieso geht er nicht? Hat er denn keine kaiserlichen Pflichten?«

»Keine Ahnung«, antwortete Rizpah. »Irgendetwas muss passiert sein. Er sieht sehr besorgt aus. Normalerweise besucht er sie nur kurz frühmorgens oder abends, bevor es dunkel wird.«

Jonathan und Rizpah hatten sich der Zyklopenhöhle vom Garten her genähert und ein Versteck hinter einem Busch mit glänzenden Blättern und hellorangen Beeren gefunden.

Jonathan beobachtete seine Mutter und den Kaiser. Die beiden saßen sich in eleganten Klappsesseln im Schatten des Peristyls gegenüber, auf halbem Weg zwischen dem sonnigen Garten und der düsteren Zyklopenhöhle.

Jonathan lauschte angestrengt, aber das Plätschern eines Springbrunnens im Garten machte es unmöglich, irgendetwas zu verstehen. Nur das Husten seiner Mutter war deutlich zu hören.

»Es geht ihr nicht gut«, murmelte er. »Sie hustet. Wenn mein Vater hier wäre, würde er ihr in Milch gekochte Malvenblätter verordnen. Oder eine Tinktur aus Raigras.«

Rizpah legte ihm beruhigend die Hand auf den Arm. »Alle Weberinnern husten«, erklärte sie. »Meine Mutter sagt, das kommt vom Wollstaub. Mach dir keine Sorgen.«

»Und jetzt weint sie. Sieh doch! Titus hat sie zum Weinen gebracht!«

»Schsch!«, zischte Rizpah. »Wenn sie dich hören, bringen sie dich weg, und du wirst nie Gelegenheit bekommen, sie zu warnen. Sieh mal! Da kommt Benjamin.«

Ein dunkelhaariger Sklavenjunge näherte sich der Zyklopenhöhle und wartete diskret vor dem Eingang. Er war ungefähr so alt wie Rizpah, und sein glänzendes Haar und seine makellose schwarze Tunika ließen Jonathan vermuten, dass er wohl keine Latrinen putzen musste.

Dann blickte Titus zu ihm hinüber. Der junge Sklave verneigte sich ehrfurchtsvoll und sagte etwas. Jonathan schnappte das Wort »Musikanten« auf.

Titus nickte, sagte etwas zu Susannah und stand auf. Dann verschwand er mit dem Jungen in Richtung des achteckigen Raumes.

Jonathans Mutter blickte ihnen nach, dann stand sie langsam auf und schloss die Augen. Nach einer Weile öffnete sie sie wieder und ging langsam durch den sonnigen Garten genau auf den Busch zu, hinter dem sich Jonathan und Rizpah versteckt hatten.

SCHRIFTROLLE XXII

»Beim Pfau der großen Juno!«, rief Flavia. »Seht euch das an!« Sie schob den hauchdünnen purpurfarbenen Vorhang der kaiserlichen Sänfte auseinander. Die drei drehten sich auf den Bauch und blickten sich staunend um.

Ein riesiger Palast erstreckte sich am Hang eines bewaldeten Hügels. Eine lange Reihe goldener Säulen wurde von der Spätnachmittagssonne angestrahlt.

»Das müssen ja mindestens tausend Säulen sein«, sagte Flavia staunend. »Ob die wohl aus massivem Gold sind?«

Lupus schüttelte den Kopf und machte eine malende Handbewegung.

»Nur vergoldet? Trotzdem, so viel Goldfarbe ... Jetzt wissen wir, warum sie es das Goldene Haus nennen.«

Oberhalb des gelben Ziegeldachs dieses funkelnden Komplexes konnte Flavia auf dem Gipfel des Hügels Springbrunnen sehen, einen Portikus aus kleineren weißen Säulen und sieben kreisförmig gepflanzte Palmen.

Die Sänftenträger schnauften, als sie die Sänfte die Marmorstufen zwischen den begrünten Terrassen hinauftrugen.

»Beim Pfau der großen Juno!«, rief Flavia erneut. »Ein Pfau!«

»Seht mal! Er breitet seine Schwanzfedern aus«, flüsterte Nubia. Lupus machte große Augen. Er hatte wohl noch nie einen Pfau gesehen. Irgendwo hinter den duftenden Büschen, die die Treppe säumten, stieß ein anderer Pfau seinen durchdringenden Schrei aus.

Jetzt waren sie am Ende der Marmortreppe angelangt und die oberste Terrasse kam in Sicht. Am Fuß des langen Säulengangs lagen mehrere große Teiche, in denen sich die goldenen Säulen widerspiegelten. Zahlreiche exotische Stelzvögel mit gebogenen Schnäbeln und rosa-orangem Gefieder standen in den Teichen zwischen Papyrusinseln und schwimmenden Wasserlilien.

Nubia sagte ein Wort, das Flavia nicht verstand.

»Was?«

»Die Vögel kommen aus meinem Land«, erklärte Nubia.

Die vier kräftigen Sklaven trugen die Sänfte zwischen zwei Teichen hindurch, dann setzten sie sie unterhalb des Säulengangs ab. Es war jetzt Nachmittag und die goldenen Säulen warfen dunkle Schatten auf den Gehweg. Als Flavia aus der Sänfte kletterte, fiel ihr zum ersten Mal auf, dass die Träger Frauen waren.

Mit ihrem geschmückten Tamburin in der Hand, folgte Flavia einer der Trägerinnen in einen großen Saal mit einer Kuppel.

»Der achteckige Raum«, sagte Flavia und blickte staunend zu der Kuppel hinauf. Dabei hielt sie ihren Kranz fest, damit er ihr nicht vom Kopf rutschte. Die gewaltige Kuppel und das große, runde Oberlicht verliehen dem Raum so viel Weite und Licht, dass es ihnen den Atem verschlug. Unterhalb der Kuppel arbeiteten dutzende dunkelhaariger Frauen an bunten Wandteppichen. Einige von ihnen hatten bereits Schiffchen, Klopfer und Wolle niedergelegt und versammelten sich im Halbkreis um ein Podium direkt unter der Kuppel.

»Dort sitzt ihr«, sagte die Sänftenträgerin zu Flavia und zeigte auf das Podium. »Spielt ein halbes Dutzend Lieder«, fuhr sie mit ihrer rauen Stimme fort, »dann macht eine Pause und spielt noch einmal sechs Lieder. Dann tragen wir euch zum Palatin zurück. Ach ja, und falls der Kaiser erscheint, dann braucht ihr euch nicht zu verneigen oder ihm sonst wie eure Ehrerbietung zu erweisen. Es sei denn natürlich, er kommt auf euch zu. Dann müsst ihr ihn mit ›Caesar‹ ansprechen.«

»In Ordnung«, murmelte Flavia höflich. Sie führte die beiden anderen zu dem Podium, auf dem schon Kissen bereit lagen.

»Es ist so weit«, flüsterte sie Nubia und Lupus zu. »Passt auf, ob ihr Jonathan oder Simeon seht. Oder irgendetwas Verdächtiges.«

Als Susannah die Schöne näher kam, holte Jonathan tief Luft und trat hinter dem Busch hervor.

»Oh!«, rief sie erschrocken aus. Dann erblickte sie auch Rizpah und sprach sie auf Aramäisch an.

»Rizpah! Hast du mich aber erschreckt! Einfach so aus dem Gebüsch hervorzuspringen!«

»Entschuldigung, Susannah.« Rizpah schirmte die Augen mit beiden Händen gegen den strahlend hellen Garten ab.

»Wer ist das?«, fragte Susannah und blickte Jonathan neugierig an, doch bevor einer von ihnen antworten konnte, weiteten sich plötzlich ihre Augen.

»Jonathan«, flüsterte sie. »Bist du das?«

Nubia vergewisserte sich, ob Lupus und Flavia bereit waren. Sie nickten und Nubia setzte die Flöte an die Lippen.

Zuerst spielten sie das »Lied vom Reisenden«, ein Lied aus Nubias Heimatland. Dann spielten sie »Der Rabe und die Taube«, ein Lied, das ihre gemeinsame Freundin Clio ihnen beigebracht hatte. Unter Nubias Fingern bekam dieses beliebte Lied einen ganz exotischen Klang.

Dann legte Nubia die Flöte beiseite und sang das »Hundelied«. Lupus begleitete sie auf der Trommel. Schließlich nahmen Nubia und Flavia ihre Instrumente wieder zur Hand und spielten die letzten beiden Lieder. Nubia hatte sie selbst komponiert. Das erste nannte sie das »Segellied« und das zweite, das sie am liebsten mochte, das »Sklavenlied«. Dieses Lied konnte sie nie spielen, ohne eine Träne zu vergießen, und als sie aufblickte, sah sie, dass die meisten der Frauen aus Jerusalem ebenfalls feuchte Augen hatten.

Nubia spürte eine Berührung am Arm. Flavia nickte zu einem Mann hinüber, der links von ihnen an einer der goldenen Säulen lehnte.

Der Mann hielt die Augen geschlossen und das Gesicht ins diffuse Licht der Kuppel gerichtet.

Obwohl er diesmal weder seine purpurfarbene Toga noch seinen goldenen Kranz trug, erkannte ihn Nubia. »Titus?«, flüsterte sie.

Flavia nickte.

Jonathan versuchte, nicht aufzuschreien, als seine Mutter ihm die Arme um den Hals warf, aber bei der Berührung zuckte er unwillkürlich zusammen.

»Oh, Jonathan!« Sie wich zurück und starrte entsetzt auf seine Schulter. »Ich habe dir wehgetan. Lieber Gott! Titus hat mir nicht gesagt, dass du gebrandmarkt worden bist. Mein armer Sohn!«

»Der Kaiser weiß, wer ich bin?«, fragte Jonathan und trat einen Schritt zurück. Obwohl seine Mutter ihn auf Aramäisch angesprochen hatte, antwortete er auf Lateinisch.

»Natürlich.« Sie folgte seinem Beispiel und fuhr auf Lateinisch fort. »Sie haben dich überall gesucht.« Ihr Latein hörte sich etwas holprig an. »Simeon hat uns erzählt, du wärst sehr mutig gewesen und hättest dein Leben riskiert ...«

»Simeon? Geht es ihm gut? Haben sie ihn denn nicht gefoltert und ihm die Augen ausgestochen?«

»Nein, nein.« Susannah trat vor und nahm Jonathans Gesicht in ihre kühlen Hände. Er nahm ihr Parfüm wahr. Es war nicht mehr Limonenblüte, sondern etwas anderes: Rose und Myrte. »Onkel Simeon geht es gut«, sagte sie. »Er ist auf dem Palatin. Josephus hat Titus gewarnt, bevor sie ihn foltern konnten.«

»Josephus!« Jonathan wich erneut zurück. »So heißt doch der Mann, der uns verraten hat.«

Seine Mutter ließ die Arme sinken. »Josephus hat nicht gewusst, dass Simeon nur helfen will«, erklärte sie. »Er hat gedacht, dein Onkel wolle den Kaiser ermorden. Josephus hält zum Kaiser.«

»Und wie ich sehe, hältst auch du zum Kaiser.«

»Jonathan. Du darfst Titus nicht hassen. Er ist ein guter Mann.«

»Er hat tausende von Juden umgebracht, Jerusalem zerstört und Gottes Tempel niedergebrannt!«, rief Jonathan zornig.

»Es tut ihm sehr Leid.«

»Aha. Es tut ihm Leid. Na dann. Dann ist ja alles bestens, wie? Dann kannst du ihn jetzt küssen und ihm sagen, dass alles gar nicht so schlimm war.«

»Jonathan. Bitte nicht.«

Jonathan wandte den Kopf zur Seite und kämpfte mit den Tränen. »Ich habe dich gesucht. Ich wollte dich warnen. Ich wollte dich zu Miriam und Vater zurückbringen. Und da finde ich dich in den Armen dieses Monsters …«

»Jonathan. Du bist ein lieber, wertvoller Sohn. Es tut mir so Leid.« Sie nahm seine Hände. »Bitte, Jonathan, erzähl mal. Wie geht es deiner Schwester Miriam? Und Vater? Und dir?«

Lupus beobachtete eine der Sklavinnen. Sie war ihm schon aufgefallen, bevor sie angefangen hatten zu spielen. Die Art, wie sie auf ihr Kissen zugegangen war, hatte seine Aufmerksamkeit erregt. War das Jonathans Mutter? Nein. Sie sah weder Miriam noch Jonathan ähnlich.

Vielleicht hatte er sie schon einmal irgendwo anders gesehen?

Während er trommelte, glitt sein Blick über die Gesichter der anderen Frauen. Die meisten hatten die Augen geschlossen oder weinten. Aber der Blick dieser Frau unter ihrem schwarzen Schal war kühl und berechnend; gefühllos, selbst beim »Sklavenlied«.

Sie musste seinen Blick gespürt haben, denn als sie ihn ansah, bedeckte sie schamhaft ihre untere Gesichtshälfte mit ihrem Schal. Sie starrten sich einen Moment lang an. Merkwürdig, dachte Lupus: Ihr eines Auge ist halb braun und halb blau.

SCHRIFTROLLE XXIII

»Was machen wir jetzt?«, flüsterte Nubia Flavia zu. »Ich weiß keine Lieder mehr. Sie werden merken, dass wir keine echten Musikanten sind.«

»Keine Sorge, Nubia. Wir spielen einfach dasselbe noch mal.«

Lupus sah, dass sich der Kaiser dem niedrigen Podium näherte. Im selben Moment fiel ihm auf, dass die Frau mit dem seltsamen Auge aufgestanden war. Eine andere Frau mit lockigem braunem Haar packte sie an der Hand, aber die erste Frau schüttelte sie ab und ging langsam auf den goldenen Säulengang zu.

Der Kaiser stand jetzt vor ihnen und sprach mit Flavia. Lupus achtete nicht weiter auf ihn, sondern behielt die Frau im Auge, die sich auf die Säulen zubewegte. Irgendetwas an ihr kam ihm seltsam vor.

Kurz bevor sie aus seinem Blickfeld verschwand, blies ein Luftzug den Saum ihrer schwarzen Robe hoch. Lupus sah eine behaarte, muskulöse Wade und darunter die Sandale eines Soldaten.

Rizpah musste in der Dunkelheit verschwunden sein, denn Jonathan spürte, dass er und seine Mutter allein waren. Er saß auf dem Sessel, auf dem sich zuvor der Kaiser niedergelassen hatte, und sie hielt seine Hände.

Jonathan sprach Hebräisch, als er seiner Mutter von seiner Kindheit ohne sie erzählte, und wie sie von Pella nach Rom und dann nach Ostia gezogen waren. Er erzählte ihr von seinen Freunden Flavia, Nubia und Lupus und von Miriams Verlobung mit einem römischen Gutsherrn, der wahrscheinlich seinen gesamten Besitz beim Ausbruch des Vesuvs verloren hatte. Und er erzählte ihr, dass es seinem Vater gut ging, aber dass er einsam war.

Zum Schluss erzählte Jonathan seiner Mutter, dass er geträumt hatte, wie sie in der Zyklopenhöhle auf ihn gewartet hätte in der Hoffnung, gerettet zu werden.

»Mutter, es war meine Schuld, dass du in Jerusalem geblieben bist und gefangen genommen worden bist. Aber jetzt bringe ich das wieder in Ordnung. Ich glaube, ich finde einen Weg, wie wir hier herauskommen.«

»Meinst du?«, fragte sie zögernd, und dann: »Aber, Jonathan, wie kommst du darauf, dass es deine Schuld war?«

»Simeon hat gesagt, du wärst wegen mir in Jerusalem geblieben.«

»Was?«

»Ich habe zufällig mitbekommen, wie Simeon zu Vater gesagt hat, du wärst wegen mir in Jerusalem geblieben.«

Seine Mutter wandte den Blick ab und starrte in die Zyklopenhöhle.

»Dann weiß er Bescheid.«

»Wovon sprichst du? Was habe ich denn getan, dass du zurückgeblieben bist?«

»Nichts.« Sie blickte Jonathan wieder an, und er sah, dass sie Tränen in den Augen hatte. »Es war nicht wegen dir, mein Sohn. Du hast damit nichts zu tun. Du warst doch noch ein kleines Kind. Ein süßer kleiner Junge.«

»Dann… dann verstehe ich das nicht.«

Seine Mutter stand auf. Sie ging zu ihrem Webstuhl hinüber und berührte die straff gespannte Wolle.

»Ich habe etwas Schlimmes getan, Jonathan. Ich wollte, dass weder du noch Miriam noch euer Vater je etwas davon erfahren.«

»Was? Was hast du getan, Mutter?«

Jonathans Mutter sah ihn an, dann richtete sie den Blick auf etwas hinter ihm. Jonathan drehte sich um.

Da stand jemand im hellen Garten und beobachtete sie durch die Säulen hindurch. Es war eine der jüdischen Sklavinnen. Sie war schwarz gekleidet und hatte sich den Schal übers Gesicht gezogen. Sie war im Begriff, die Hand auszustrecken, wie zu einer freundschaftlichen Begrüßung.

Plötzlich riss Jonathans Mutter erschrocken die Augen auf. Da sah Jonathan, dass die Frau in Schwarz nicht in freundschaftlicher, sondern in böser Absicht gekommen war.

In der Hand hielt sie einen gebogenen, rasiermesserscharfen Dolch.

Lupus stieß einen Schrei aus und trat der Attentäterin von hinten in die Kniekehlen.

»Uff!« Die Frau in Schwarz knickte ein.

Lupus rollte sich zur Seite, um nicht erdrückt zu werden, und riss ihr den Schal mit einem Ruck ab. Ihre langen Haare fielen heraus und sie schlug mit dem Hinterkopf auf dem harten Marmorweg auf.

Lupus' Blumenkranz war ihm über die Augen gerutscht. Wütend riss er ihn sich vom Kopf und warf ihn weg. Zum Glück lag die Frau benommen am Boden. Lupus sah langes Haar und dick geschminkte Augen, aber die Stoppeln an den Wangen bestätigten, was Lupus schon geahnt hatte: Es war ein Mann. Und obwohl er einen zarten Knochenbau und feine Gesichtszüge hatte, war er sehr zäh. Schon kam er wieder zu sich und versuchte, sich aufzusetzen.

Das Messer.

Lupus musste dem Attentäter das Messer wegnehmen. Er wollte sich gerade darauf stürzen, als ein Fuß auf das Handgelenk des Attentäters trat. Das Messer schlitterte über den schattigen Gehweg bis in einen dunklen, höhlenähnlichen Raum.

»Lupus! Gib mir die Hand!« Das hörte sich an wie Jonathans Stimme.

Lupus ergriff die ausgestreckte Hand und wurde hochgezogen.

Es dauerte einen kurzen Moment, bis er den Sklavenjungen, der ihm aufgeholfen hatte, erkannte. Jonathan sah größer und dünner aus als sonst. Sein kahl rasierter Kopf ließ seine Augen riesig aussehen. Und sein Gesichtsausdruck war sonderbar.

Lupus stieß ein Grunzen aus und sprang zurück, als sich der Attentäter wieder aufrappelte. Dann trat er dem Mann ein zweites Mal in die Kniekehlen. Erneut stürzte der Mann zu Boden, diesmal auf alle viere, und sein langes Haar verdeckte sein Gesicht.

»Jonathan!« Lupus hörte die Stimme eines kleinen Mädchens und ein metallenes Geräusch auf dem Marmorboden und plötzlich hielt Jonathan den Dolch in der Hand. Irgendwo stand jemand im Schatten und hatte ihm den Dolch zurückgeschleudert.

Der Mann in Schwarz, der immer noch auf allen vieren kniete, sah auf. Jonathan stand keuchend und halb gebückt vor ihm – mit dem gebogenen Dolch in der rechten Hand. Irgendwo schrie eine Frau. Lupus hörte schnelle Schritte auf dem Marmorboden und die Schellen des Tamburins.

Auch der Attentäter hörte es.

Wie ein in die Enge getriebenes Tier blickte er sich um und das lange Haar flatterte um seine Schultern. Dann stand er auf, drehte sich um und rannte durch den Garten auf die gewölbten Räume auf der Vorderseite des Palastes zu.

Lupus lief ihm nach.

Für Jonathan stand fest, dass er seine Mutter in Sicherheit bringen musste. Als er den Attentäter fliehen sah, rannte er auf sie zu. Sie kauerte im Schatten hinter ihrem Webstuhl.

»Komm mit, Mutter! Ich weiß, wo wir uns verstecken können«, sagte er, dann drehte er sich erstaunt um, als er eine vertraute Stimme rufen hörte:

»Da ist er!«

Er glaubte zu träumen, als er Flavia und Nubia durch den sonnigen Garten rennen sah. Auf dem Kopf trugen sie Blumenkränze mit langen, bunten Bändern, die hinter ihnen her flatterten. Flavia hielt ein mit Bändern geschmücktes Tamburin in der Hand, das beim Laufen bimmelte. Er stand mit seiner Mutter am Armgelenk im Schatten, sodass sie ihn nicht sehen konnten.

Zwei muskulöse Frauen mit glänzenden Brustharnischen verfolgten die beiden Mädchen, und dann tauchte der Kaiser selbst auf, keuchend und mit rotem Gesicht.

»Titus!«, flüsterte Jonathans Mutter. Sie trat einen Schritt vor, aber Jonathan zerrte sie zurück. Dann zog er sie hinter sich her und durchquerte mit ihr mehrere dämmrige, leere Räume.

»Wo gehen wir hin?«

»Hierher.« Er zog sie in einen kleinen, dreieckigen Raum. Rizpah hatte ihm erzählt, dass Nero hier früher die Statue eines schlafenden Satyrs ausgestellt hatte, aber jetzt war der Raum leer.

Jonathan blieb keuchend stehen. »Hier sind wir eine Weile in Sicherheit. Dann wird Rizpah uns den Weg nach draußen zeigen.« Jonathan hielt seine Mutter immer noch an der Hand, als er ihr ins Gesicht schaute. »Sag mir zuerst… was hast du Schlimmes getan?« Er schnappte pfeifend nach Luft. »Warum bist du nicht… mit uns geflohen?«

Seine Mutter blickte ihn an, dann senkte sie den Kopf.

»Es gab einen Mann«, sagte sie schließlich.

»Einen Mann?«

»Ich habe ihn geliebt.«

Da merkte Jonathan, dass er immer noch ihre Hand hielt, und ließ sie los.

»Er war ein berühmter Freiheitskämpfer. Alle kannten seinen Namen. Sie nannten ihn Jonathan den Zeloten.«

»Er hieß Jonathan?«

Sie nickte.

Die sonderbare Form des Raums machte ihn leicht schwindelig, und nicht zum ersten Mal fragte er sich, ob das ein Traum war.

»Bin ich … nach ihm benannt?«

Seine Mutter ließ den Kopf hängen und nickte erneut.

Jonathan fror plötzlich. Er konnte jedes einzelne schwarze und weiße Teilchen des Mosaikbodens mit schrecklicher Klarheit erkennen. Schließlich holte er tief Luft und fragte: »War Jonathan der Zelot mein richtiger Vater?«

SCHRIFTROLLE XXIV

»Da ist er!«, rief Flavia.

Als Lupus vom Podium gesprungen war, war Flavia ihm sofort gefolgt. Sie hatte noch nicht einmal ihr Tamburin beiseite gelegt.

Flavia und Nubia waren Lupus nachgerannt, vorbei an den goldenen Säulen. Plötzlich war Lupus nach rechts abgebogen und sie waren ihm durch einen heißen, grasbewachsenen Hof in einen Komplex aus hell gestrichenen Räumen mit hohen Kuppeln gefolgt. Dort hatten sie ihn aus den Augen verloren, bis der Schrei einer Frau sie in einen Garten führte. Einen Augenblick später rannte ein langhaariger Mann in schwarzer Robe vorbei, dicht gefolgt von Lupus.

Flavia hörte Schritte hinter sich und blickte sich um. Zwei der muskulösen Sänftenträgerinnen und Titus persönlich hatten jetzt ebenfalls die Verfolgung aufgenommen.

»Da ist er!«, rief sie noch einmal.

Sie folgte Lupus durch einen weiten, gewölbten Raum und plötzlich befanden sie sich wieder auf der Vorderseite des Palastes bei dem goldenen Säulengang.

Flavia blieb einen Moment stehen, hielt sich an einer der goldenen Säulen fest und blickte sich keuchend um. Da! Der Attentäter rannte durch den Teich, dass es nur so spritzte, und versetzte die exotischen rosaroten Vögel in Panik. Sie kreischten und schlugen mit den Flügeln und versuchten wegzufliegen, aber vergeblich: Man hatte ihnen die Flügel gestutzt.

Plötzlich rutschte der Mann aus und fiel ins Wasser, dann rappelte er sich wieder auf. Seine schwarze Robe klebte an seinem Körper, sodass sein muskulöser Körperbau zu sehen war. Lupus hatte ihn jetzt fast eingeholt. Flavia hielt erschrocken die Luft an, als der Attentäter herumfuhr und Lupus einen Schlag mit der Rückhand versetzte.

»Lupus!« Flavia stieß sich von der Säule ab und rannte mit Nubia los, um ihm zu helfen.

Lupus war in den Teich gefallen. Aber sofort war er wieder auf den Beinen, schüttelte sich wie ein Hund und nahm erneut die Verfolgung des Attentäters auf, der inzwischen kehrtgemacht hatte und die Marmortreppe zur obersten Terrasse hinaufrannte. Flavia und Nubia waren jetzt dicht hinter Lupus, so dicht, dass sie die Wassertropfen von seiner durchweichten grünen Tunika wegfliegen sahen.

Flavia nahm mit ihrem bimmelnden Tamburin immer gleich zwei Stufen auf einmal und passte auf, dass sie nicht auf den herumliegenden Kiefernnadeln ausrutschte.

»Schau!«, rief Nubia keuchend, und Flavia konnte gerade noch sehen, wie der Attentäter oben abbog und den langen weißen Säulengang entlanglief. Lupus war direkt hinter ihm.

Durch seine nasse Robe behindert, hatte der Attentäter Mühe zu rennen. Einmal wäre er beinahe gestürzt. Er stolperte die Säulen entlang, dann bog er zwischen den Säulen in einen kleinen, eckigen Garten ab. Hinter ein paar kreisförmig angelegten Palmen in der Mitte des Gartens sah Flavia einen weiteren Säulengang mit einem dichten Wald dahinter. Dicht genug, um darin unterzutauchen.

Der Attentäter hatte offensichtlich den gleichen Gedanken und steuerte auf die Palmengruppe zu.

Plötzlich fielen Flavia die Pläne wieder ein, die sie zusammen mit Sisyphus studiert hatte. Es machte »Klick« in ihrem Kopf, wie ein aufgebrochenes Wachssiegel. Sie wusste, was die Palmen umgaben und welcher Raum sich darunter befand.

»Lupus!«, schrie sie. »Das Auge! In der Mitte der Palmen! Pass auf!«

Lupus hörte sie, aber ebenso der Attentäter. Der Mann blieb mit einem Ruck stehen, dann fuhr er mit wehendem Haar herum. Er kauerte sich nieder und kniff die Augen zusammen, als er sah, dass sein hartnäckigster Verfolger bloß ein kleiner Junge war.

Flavia wusste, dass sie schnell handeln musste, bevor der Attentäter Lupus angriff. Sie holte mit dem Arm nach hinten aus und warf ihr Tamburin wie einen Diskus mit einer Drehbewegung der Hand in seine Richtung. Erstaunlicherweise landete das Tamburin genau da, wo es hin sollte: Mit Glöckchengebimmel knallte es dem Attentäter gegen die Brust und fiel dann zu Boden. Der Mann stolperte rückwärts und versuchte, wild mit den Armen schlagend, das Gleichgewicht zu halten.

Dann war er weg.

Flavia und Nubia rannten zum Rand des Auges, dem kreisförmigen Oberlicht in der Kuppel. Ein Staub- und Kieshagel prasselte über den Rand und verschwand in dem achteckigen Raum darunter. Lupus kniete keuchend auf allen vieren und starrte hinunter ins Leere. Jetzt kamen auch die Wächterinnen und schließlich der Kaiser schnaufend angerannt.

»Achtung!«, rief Flavia. Aber sie waren mit dem Goldenen Haus vertraut und blieben rechtzeitig vor dem Rand des Abgrunds stehen.

Falls in dem Oberlicht früher einmal Glas gewesen war, musste es entfernt worden sein, zusammen mit anderem wertvollem Material. Der Mann in Schwarz war in die Tiefe gestürzt und auf dem Podium aufgeschlagen, auf dem sie noch vor wenigen Minuten musiziert hatten. Sein langes Haar fiel ihm fächerförmig über den Rücken, sodass er aussah wie eine Gliederpuppe, die ein Kind im Zorn hinabgeworfen hatte. Sein Kopf war so verdreht, dass er sich ohne Zweifel das Genick gebrochen hatte.

Der Attentäter war tot.

In einem dreieckigen Raum irgendwo im hinteren Teil des Goldenen Hauses fragte Jonathan seine Mutter: »War Jonathan der Zelot mein richtiger Vater?«

»Nein.« Seine Mutter hob den Kopf. »Du bist Mordecais Sohn. Ich war ihm nicht untreu.« Sie senkte erneut den Blick. »Damals jedenfalls nicht.«

»Wann dann?«

Seine Mutter drehte das Gesicht zur Wand. Ein Fresko der Venus war darauf gemalt und sie berührte das Gesicht der Göttin.

»Jonathan war der erste Mann, den ich außerhalb meiner nächsten Verwandtschaft kennen lernte«, sagte sie. »Ich war vierzehn und er siebzehn, ein paar Monate älter als Simeon. Die beiden hatten die Römer mit Steinen beworfen und daraufhin wurden sie von römischen Soldaten verfolgt. Simeon und Jonathan kamen in unser Haus gerannt und ich versteckte sie hinter meinem Webstuhl. Jonathan hatte sich an der Hand verletzt. Als Simeon hinausging, um zu sehen, ob die Luft rein war, verband ich Jonathans Wunde. Während Simeon draußen war, küsste mich Jonathan und sagte zu mir, ich sei die schönste Frau, die er je gesehen hätte. Und er sagte, dass er mich gern heiraten würde. Er war jung, mutig, hübsch... Damals schon flüsterten alle Mädchen seinen Namen. Ich war wie geblendet.«

Jonathan fühlte sich schwindelig und musste sich an die Wand lehnen. Seine Mutter stand immer noch mit dem Rücken zu ihm.

»Ein paar Tage später«, fuhr sie fort, »erzählte mir mein Vater, ein Mann hätte um meine Hand angehalten. Ich war überglücklich. Aber als mein Vater sagte, dass er Arzt sei und ein Mann von siebenundzwanzig Jahren, wurde ich sehr traurig. Ich hörte nichts mehr von Jonathan, also heiratete ich den Arzt, deinen Vater. Er war ein liebenswürdiger Mann. Wir zogen in sein Haus in der Nähe des Schönen Tores. Bald bekam ich euch beide. Ich war nicht unglücklich.«

»So, du warst nicht unglücklich«, wiederholte Jonathan matt.

»Miriam wurde in dem Jahr geboren, als der Aufstand begann. Im selben Jahr schloss sich dein Vater dieser Sekte an. Während alle anderen die Tapferkeit von Jonathan dem Zeloten priesen, sprach dein Vater von nichts anderem, als dass wir unsere Feinde lieben sollten.«

»Erzähl weiter«, sagte Jonathan.

»Als ich eines Tages bei meinen Eltern zu Besuch war, kamen Simeon und Jonathan von einer ihrer geheimen Missionen gegen die Römer zurück. Ich hatte Jonathan seit fünf Jahren nicht mehr gesehen. Ich beobachtete ihn durch das Gitterwerk eines Wandschirms. ›Habt Ihr gehört?‹, sagte Jonathan zu meinem Vater. ›Die Christen verlassen die Stadt. Sie fliehen über den Jordan nach Pella. Ich hoffe, Euer Schwiegersohn ist nicht einer von ihnen. Diese Feiglinge!‹ Mein Vater sagte nichts, aber ich sah, wie er die Zähne zusammenbiss, und schloss daraus, dass er derselben Meinung war wie Jonathan. ›Ich hätte dein Angebot, Susannah zu heiraten, annehmen sollen‹, sagte er zu Jonathan. ›Doch ich wollte keinen Zeloten als Schwiegersohn. Allerdings wäre das immer noch besser gewesen als einer dieser Verrückten, die an einen Sohn Gottes glauben.‹ Da wurde mir klar, dass Jonathan tatsächlich um meine Hand angehalten hatte.« Susannah schwieg einen Augenblick, dann fuhr sie fort: »Sobald mein Vater den Raum verlassen hatte, trat ich hinter dem Wandschirm hervor. Jonathan lief auf mich zu und sagte, dass er nie aufgehört hätte, mich zu lieben, und für mich sterben würde. Wir sagten uns so viele Dinge. Als ich an jenem Tag schließlich nach Hause zurückkehrte, war dein Vater schon im Begriff, aus der Stadt zu fliehen. Er flehte mich an mitzukommen, aber ich weigerte mich und sagte, mein Vater hätte es mir verboten. Ich ließ ihn gehen. Und ich ließ zu, dass er euch mitnahm.«

»Dann hast du also Jonathan mehr geliebt als uns«, sagte Jonathan schwach. Ihm wurde übel.

»Ich glaube nicht, dass es Liebe war.« Seine Mutter legte die

Wange an die Wand. »Es war eine Art Verrücktheit. In der Woche darauf wurden die Tore Jerusalems geschlossen und Titus' Armeen schlugen außerhalb der Stadt ihr Lager auf. Jonathan und ich hatten ein paar Wochen zusammen, vielleicht einen Monat. Wir lebten heimlich im Haus deines Vaters, denn ich war noch eine verheiratete Frau, und Ehebruch war ein Verbrechen, auf das die Todesstrafe stand. Dann brach die Hungersnot aus. Eines Tages ging Jonathan weg und kehrte nie mehr zurück. Später hörte ich, dass er von einem Mann getötet worden war, mit dem er sich um ein Stück Maultierfleisch gestritten hatte. Was für ein ruhmreicher Tod«, sagte sie verbittert.

Sie blickte Jonathan ins Gesicht. Ihre Augen waren trocken.

»Das ist der Grund, warum ich nicht mit euch gekommen bin.«

»Aber jetzt…«, sagte Jonathan, »…jetzt bin ich gekommen, um dich zu retten. Um dich nach Hause zu bringen.«

»Jonathan. Mein lieber, mutiger Jonathan. Ich kann nicht mit dir kommen. Ich muss hier bleiben.«

»Warum?«

»Titus braucht mich.«

»Wir brauchen dich! Ich brauche dich! Ich habe den ganzen weiten Weg auf mich genommen, um dich mit nach Hause zu nehmen.«

»Ich kann nicht.«

Einen Augenblick kam es Jonathan so vor, als stünde er über dem Geschehen. Er konnte sich selbst sehen: dünn und blass, mit kahl rasiertem Kopf und einem schlimmen roten Brandmal auf dem Arm. Er sah aus wie ein Sklave. Und seine Mutter stand mit gesenktem Kopf vor ihm. Er sah, dass er fast genauso groß war wie sie.

»Kannst du mir verzeihen, Jonathan?«

Er starrte sie an. Er hatte sein Leben aufs Spiel gesetzt, um sie zu retten, und jetzt weigerte sie sich, mit ihm zu fliehen. Genauso wie sie sich vor zehn Jahren geweigert hatte, mit seinem Vater zu fliehen.

»Bitte, Jonathan.«

Jonathan schüttelte langsam den Kopf. Dann drehte er sich um und verließ taumelnd den Raum. Er rannte den Kryptoportikus entlang, und obwohl die Tränen seinen Blick trübten, fand er irgendwie zu den dunklen Tunneln zurück, die Rizpah ihm gezeigt hatte. Wie ein Maulwurf tastete er sich vorwärts, bis er das dunkelste, geheimste Versteck von allen gefunden hatte.

SCHRIFTROLLE XXV

»Flavia Gemina«, sagte der Kaiser und wischte sich über die Stirn.

Flavia warf dem Kaiser einen erstaunten Blick zu, während sie alle an den goldenen Säulen vorbei auf den achteckigen Raum zusteuerten. Die rotblonden Locken des Kaisers klebten an seiner geröteten Stirn und er schnaufte wie ein Stier auf dem Weg zur Opferstätte.

»Woher kennt Ihr … meinen Namen, Caesar?«, stammelte Flavia.

»Ich habe ein … hervorragendes Gedächtnis.« Jetzt wischte er sich über Kinn und Hals. »Ich bin dir … im Flüchtlingslager … südlich von Stabia … begegnet … Dein Onkel – Flavius Geminus – war bei dir.«

»Das stimmt«, sagte Flavia.

»Und du bist ihr Sklavenmädchen … Sheba.«

»Nubia.«

»Richtig, Nubia.« Er blickte Lupus an. »Und Lupus. Ein höchst … ungewöhnlicher Name.«

»Erstaunlich, dass Ihr all unsere Namen noch wisst«, erwiderte Flavia.

»Zugegeben«, sagte der Kaiser, »Jonathans Onkel Simeon … hat euch erwähnt … Er hat mir erzählt … dass ihr Jonathans Freunde seid.«

»Simeon!«, rief Flavia aus. Sie hatten jetzt den achteckigen Raum erreicht und sie blieb neben einer der goldenen Säulen stehen. »Er ist ein Auftragsmörder, Caesar. Er hat vor, Euch zu töten, genau wie der Mann da gerade versucht hat, Euch zu töten.« Sie deutete mit ihrem Tamburin auf den Attentäter.

»Nein«, erwiderte der Kaiser lächelnd. »Ich finde es anständig von dir, dass du mir das sagst. Aber Simeon ist gekommen, um mich zu warnen, und nicht, um mich zu töten. Du musst wissen, es war seine eigene Schwester – Jonathans Mutter –, die er töten sollte. Der Attentäter da hat ebenfalls vorgehabt, Susannah zu töten. Nicht mich.«

»Doch, er hatte vor, Euch zu töten«, ertönte eine Stimme. Es war die hasserfüllte Stimme einer Frau.

Die Frauen aus Jerusalem standen um das Podium in der Mitte des achteckigen Raumes herum und blickten auf den toten Attentäter herab. Eine von ihnen kniete neben seiner Leiche. Sie war es, die gesprochen hatte. Sie hatte dunkles, lockiges Haar und eng stehende, hasserfüllte Augen.

Titus ging auf die Bühne zu und starrte die Frau stirnrunzelnd an.

»Ich heiße Rachel«, sagte sie und stand auf. »Aber Ihr wisst das natürlich nicht, obwohl ich seit neun Jahren Eure Sklavin bin. Der Tote heißt Pinchas. Ich kannte ihn nur ganz kurz, aber ich weiß, dass er ein mutiger Mann war. Er war einer unserer Freiheitskämpfer. Berenice hat ihn dafür bezahlt, dass er diese Verräterin Susannah tötet. Aber danach wollte er auch Euch töten. Er war ein wahrer Held. Ihr dagegen seid ein Scheusal.«

Gezielt und mit voller Absicht spuckte Rachel dem Kaiser ins Gesicht.

Alle erschraken und starrten ihn an.

Dann sagte Titus etwas, das Flavia nie mehr vergessen würde:

»Du wirst es mir nicht glauben, Rachel«, sagte er ruhig und wischte sich mit seinem Taschentuch über die Wange, »aber ich würde lieber getötet werden, als selbst nur noch einen weiteren Menschen zu töten. Es tut mir Leid, dass dieser Mann tot ist. Und es tut mir aufrichtig Leid« – er blickte alle Frauen an, die um ihn herumstanden – »für das, was ich eurem Land und eurem Volk antun musste. Ihr seid nicht meine Sklavinnen, sondern die von Berenice. Aber sie wird nicht mehr zurückkehren.« Er senkte einen Moment lang den Blick, und Flavia hörte, wie er murmelte: »Das hätte ich schon viel früher tun sollen.«

Der Kaiser hob den Blick wieder und fuhr mit seiner Befehlsstimme fort:

»Hiermit lasse ich euch alle frei. Ihr könnt als meine freigelassenen Sklavinnen unter meinem Schutz hier bleiben und werdet für eure Webarbeit bezahlt. Oder ihr könnt gehen. Die Entscheidung liegt bei euch.« Er wollte schon gehen, doch dann fügte er noch hinzu: »Wenn ihr bleibt, erlaube ich euch zu heiraten. Ich glaube, Berenice wollte euch nur schützen, indem sie euch von Männern fern hielt. Denn ob ihr es glaubt oder nicht, sie hat euch alle geliebt. Ihr Wunsch zum Abschied war, dass ich auf euch Acht gebe.« Er wandte sich von den Frauen aus Jerusalem ab und sagte zu Flavia und ihren Freunden: »Kommt. Lasst uns euren Freund Jonathan suchen.«

Doch obwohl sie überall suchten, Jonathan war nirgendwo zu finden.

Jonathan blieb lange in seiner dunklen Nische. Er hatte kaum Platz zum Sitzen, also kauerte er sich zusammen und verharrte so. Seine Gedanken drehten sich im Kreis wie die Streitwagen im Circus Maximus. Dann schlief er ein und träumte von seiner Kindheit. Er wachte auf und flüchtete sich wieder in den Schlaf. Er hatte noch nie im Leben so lebhaft geträumt.

Jemand stellte regelmäßig einen Krug frisches Wasser vor den Eingang, aber niemand sprach mit ihm, und es kam ihm vor, als wäre er wochenlang allein.

Schließlich trieb ihn der Hunger aus dem Versteck.

Ihm war schon ganz übel und schwindelig vor Hunger, und als

er sich durch den Tunnel schlängelte, musste er alle paar Minuten innehalten und nach Luft schnappen. Ein- oder zweimal zog sich seine Kehle zusammen, und er musste würgen, weil ihm der bittere Saft seines leeren Magens hochkam.

Schließlich wankte er blinzelnd in den Kryptoportikus hinein und starrte verwundert ins Licht.

Dort stand ein Mädchen. Mit der Sonne im Rücken sahen ihr weißes Haar und ihre weiße Tunika aus wie von einem Strahlenkranz umgeben.

»Rizpah?«, krächzte er.

Sie nickte und kam auf ihn zu. Sie reichte ihm einen Krug mit kaltem Wasser. Im Arm hielt sie ein graues Kätzchen.

»Wie lange bin ich denn da drin gewesen?«, fragt er, nachdem er den Krug geleert hatte.

»Drei Tage.«

»Nur drei Tage?« Jonathan ließ sich zu Boden sinken und lehnte den Kopf gegen die kühle Mauer des Kryptoportikus. »Es kommt mir vor wie Wochen.«

»Nein«, erwiderte Rizpah und setzte sich neben ihn. »Nur drei Tage.«

»Ich sterbe vor Hunger«, sagte er und blickte sie an. »Hast du vielleicht ein bisschen Brot?«

»Nein«, antwortete sie und streichelte das Kätzchen. »Heute gibt es kein Essen. Wir fasten alle.«

»Was?«

»Heute ist Jom Kippur«, erklärte sie. »Der Versöhnungstag. Alle hier im Goldenen Haus fasten. Aber keine Sorge. Wir essen heute Abend.«

Er schluckte und versuchte aufzustehen. Aber ihm war zu schwindelig und er ließ sich wieder an der Wand hinabgleiten.

»Wie geht es meiner Mutter?«, fragte er nach einer Weile.

»Sie wartet auf dich. Alle warten auf dich. Der Kaiser und deine Freunde haben dich überall gesucht und schließlich aufgegeben.

Ich habe ihnen nicht gesagt, wo du bist, aber ich habe ihnen gesagt, dass es dir gut geht.«

»Bringst du mich zu ihr?«

»Klar.« Sie rümpfte die Nase. »Aber vielleicht möchtest du zuerst ein Bad nehmen.«

»In Ordnung«, sagte Jonathan. »Geh du voran und ich krieche hinter dir her.«

SCHRIFTROLLE XXVI

»Bitte, Mutter. Sag mir doch, warum du nicht mit mir nach Ostia kommen willst.« Jonathan saß seiner Mutter im schattigen Peristyl neben der Zyklopenhöhle gegenüber. Er hatte in heißem Schwefelwasser und kaltem Meerwasser gebadet. Jetzt hatte er eine weit geschnittene weiße Tunika an und fühlte sich sauber und wie neugeboren, obwohl das Brandmal auf seinem linken Arm immer noch höllisch wehtat und sein Magen knurrte.

Seine Mutter war barfuß und trug eine lange weiße Leinentunika ohne Gürtel, denn Leder durfte am Versöhnungstag nicht getragen werden.

»Sag mir, warum du nicht mitkommen willst«, wiederholte er.

Sie nickte. »Ich will versuchen, es dir zu erklären«, sagte sie und nahm seine kalten Hände in ihre warmen. »Als die Hungersnot ausbrach, begann der Albtraum. Jonathan, mein Geliebter, starb bei einem Streit um Maultierfleisch, wie ich dir schon erzählt habe. Ich zog zu meinen Eltern. Etwa zu dieser Zeit wurde Simeon Christ, so wie dein Vater. Er sagte sich von den Zeloten los und kam zu uns. Simeon und ich mussten mit ansehen, wie unsere Eltern immer schwächer wurden und schließlich starben. Wir hatten keine Möglichkeit, ihnen zu helfen. Wir kochten Gürtel, Sandalen, sogar Schriftrollen. Meine Mutter starb zuerst, dann mein Vater. Als mein Vater im Sterben lag, hielt ich ihn in den Armen. Er sah zu mir auf und sagte: ›Ich weiß, dass du eine Sünde begangen hast, die die Todesstrafe verlangt. Gott vergebe mir, Susannah, aber ich konnte meine eigene Tochter nicht steinigen.‹ Er wusste also, was ich getan hatte, und ich weinte. ›Büße für deine Sünden‹, flüsterte er. ›Gehorche dem Herrn und folge seinen Geboten.‹ Ich nickte und sagte: ›Ich verspreche, dass ich von nun an ein guter Mensch sein werde.‹ Er starb mit einem Lächeln auf den Lippen.«

Susannah drückte Jonathans Hände und er blickte zu ihr auf.

»Jonathan«, sagte sie. »Ich weiß, dass Gott mich aus einem bestimmten Grund verschont hat. Ich habe den letzten Wunsch meines Vaters erfüllt. Ich habe die letzten neun Jahre fast nur an meinem Webstuhl verbracht und im Stillen gebetet. Irgendwie wusste ich, dass ihr alle überlebt habt. Ich betete jeden Tag für euch. Ich betete für alle, die ich kannte, sogar für Titus.«

Jonathan nickte und er nahm den Duft ihres Rosen- und Myrteparfüms wahr.

»Letztes Jahr hat Titus Berenice fortgeschickt. Aber ich wusste, dass er sie vermisste, denn er kam immer wieder hierher und irrte durch die Räume, in denen sie sich aufgehalten hatte. Eines Tages ging er durch den achteckigen Raum. Die meisten Frauen wandten den Blick ab, aber ich lächelte ihn an, während ich für ihn betete. Am nächsten Tag ließ er mich zu sich kommen.«

Jonathan schluckte. Sein Herz klopfte heftig.

»Zuerst dachte ich, er wollte, dass ich Berenices Platz einnehme. Aber wir unterhielten uns nur und dabei blieb es auch bei unseren regelmäßigen Treffen. Er interessiert sich besonders für unsere Thora. Er ist fasziniert davon, dass unser Gott ein moralischer Gott ist. Titus hat viele schlimme Sünden begangen, so wie auch ich gesündigt habe. Langsam beginnt er, an Gott zu glauben.«

Jonathan starrte sie an. »Dann ist er nicht dein Geliebter?«

Sie blickte ihm ins Gesicht und zum ersten Mal sah er in ihren Augen absolute Offenheit. »Nein. Wir sind kein Paar. Nur Freunde.«

Jonathan stieß einen Seufzer der Erleichterung aus. Das bedeutete, dass sie sich geändert hatte. Das bedeutete, dass Hoffnung bestand. Hoffnung, dass sie vielleicht doch noch zu ihnen zurückkehrte.

»Jonathan«, sagte sie. »Ich büße für meine Sünden. Dafür dass ich meinen Vater, meinen Mann und meine Kinder enttäuscht habe. Ich würde so gern zu euch zurückkehren, aber ich glaube, Gott hat mich in einer Zeit wie dieser hierher geführt, zum mächtigsten Mann der Welt. Verstehst du?«

Jonathan schüttelte den Kopf. »Nicht wirklich.«

Sie drückte wieder seine Hände, da fiel ihr Blick auf den Ring an seinem Finger. »Mein Ring!«, rief sie. »Jonathan, wo hast du denn meinen Ring gefunden?«

Jonathan blickte verwundert auf den Sardonyxring an seinem kleinen Finger. »Ach den«, sagte er. »Als ich herausfinden wollte, was aus dir geworden ist, habe ich in deiner Schmuckschatulle gekramt, und da war dieser Ring hier dabei.« Der Ring ließ sich jetzt leicht abstreifen. »Und ich habe Liebesbriefe gefunden, die Vater dir geschrieben hat. Schöne Liebesbriefe, in denen er das Lied von Salomon zitierte.« Plötzlich kam ihm ein schrecklicher Gedanke. »Oder hat Jonathan die etwa geschrieben?«

»Nein.« Ihre Augen füllten sich mit Tränen. »Dein Vater hat mir diese Briefe geschrieben.«

Jonathan nickte und ließ den Kopf hängen, damit sie sein Gesicht nicht sah.

Dann steckte er ihr den Ring an den Zeigefinger ihrer linken Hand. »Hier«, sagte er. »Nimm ihn. Versprich mir, dass du ihn anbehältst. Und immer wenn dein Blick darauf fällt, wirst du dann an mich denken?«

»Ich habe jeden Tag an dich gedacht«, flüsterte sie. »Jeden Tag, seit ich dich das letzte Mal sah, wie du mir über die Schulter deines Vaters nachgeschaut und mir zum Abschied mit deiner kleinen Hand zugewunken hast.«

Inzwischen waren alle Webstühle aus dem achteckigen Raum hinausgetragen worden. Es sollte ein großes Festmahl für alle stattfinden. Statt Liegesofas wurden lange Tische und sämtliche verfügbaren Stühle und Hocker aufgestellt. Es war kurz nach Einbruch der Dunkelheit. Hundert Kerzen und Öllampen erfüllten den tiefblauen, gewölbten Raum mit Lichtsternen.

Zweihundert Sklavinnen und vierundzwanzig Kinder, alle in Weiß, nahmen an den langen Tischen Platz und freuten sich auf das Festmahl. Jonathan saß zwischen Rizpah und dem Sklavenjungen namens Benjamin. Rechts von Rizpah saß ihre Mutter Rachel – die Frau mit dem lockigen braunen Haar, die Titus ins Gesicht gespuckt hatte. Sie saß ruhig da und starrte nachdenklich die vielen Kerzen an.

Jonathans Magen knurrte laut, als ihm der Duft von Brathähnchen mit Koriander in die Nase stieg. Ihm war schon ganz schwindelig vor Hunger.

Es gab Gemurmel am Tisch, als ein Mann und eine Frau zwischen den goldenen Säulen auftauchten und den Raum betraten.

Jonathan wusste, dass die Frau seine Mutter war, obwohl sie ihr Gesicht verhüllt hatte. Aber der Mann sah nicht aus wie Titus.

»Ist das Titus?« Jonathan spähte ins Dämmerlicht. »Ich kann in dem Licht nicht richtig sehen.«

»Nein«, flüsterte Rizpah. »Das ist ein großer, schlanker Mann.«

»Onkel Simeon«, rief Jonathan.

Sein Onkel trat in den Schein der Lampe und strahlte Jonathan mit seinem Zahnlückenlächeln an.

»Bevor Susannah den Segen spricht«, sagte Simeon mit seiner tiefen Stimme, »habe ich ein paar Neuigkeiten für euch. Titus hat mich gerade zum Verwalter dieses Hauses ernannt. Wie ihr wisst, hat der Kaiser euch vor drei Tagen die Freiheit geschenkt. Ihr seid jetzt seine freigelassenen Sklavinnen und genießt seinen Schutz, solange ihr wollt. Ihr bekommt hier oder anderswo eine Unterkunft und habt die Erlaubnis zu heiraten.« Er blickte in die Runde. »Ihr werdet euch wahrscheinlich fragen, wer ich bin. Mein Name ist Simeon ben Jonah. Susannah, die hier neben mir steht, ist meine Schwester. Ihr habt sie über ein halbes Jahr lang gemieden, weil sie mit dem Kaiser befreundet war. Aber heute ist der Tag, an dem Gott unsere Sünden aus seinem Gedächtnis streicht und unsere Namen in seine Schriftrolle des Lebens schreibt. Seid ihr bereit, ihr zu vergeben und sie wieder in eure Gemeinschaft aufzunehmen?«

Ein zustimmendes Gemurmel war zu hören, dann stand Rizpahs Mutter auf und blickte in die Runde. »Keine von uns ist ohne Sünde«, sagte sie. »Wir vergeben dir, Susannah.« Rachel lächelte Susannah und Simeon an und setzte sich wieder.

Jonathans Mutter blieb stehen. Sie lüftete ihren Schleier und bedeckte damit ihren Kopf. Sie sah Miriam so ähnlich, dass Jonathan am liebsten geweint hätte.

»Gesegnet seist du, Herr, der du uns Brot gibst, um unsere Herzen zu erfreuen, und Öl, damit unsere Gesichter leuchten«, zitierte sie, während sie die Festkerzen anzündete. »Lasst uns essen und fröhlich sein«, fügte sie mit einem Lächeln hinzu.

Als Jonathan anfing zu essen, hob sich seine Laune.

»Was das ausmacht«, sagte er.

»Was?«, fragte Rizpah. Ihre hellen Augen sahen im Schein der Lampe rosarot aus.

»Ein paar Bissen sind schon genug, um einen glücklich zu machen. Essen ist doch wirklich eine wunderbare Sache.«

»Ja«, sagte Rizpah. »Essen ist wunderbar.«

Jonathan biss von seinem Hähnchen ab. »Ich nehme an, du gehst mit deiner Mutter von hier weg. Nach dem, was sie heute zum Kaiser gesagt hat. Bestimmt wirst du deine Geheimtunnel vermissen.«

»Oh, ich glaube nicht, dass wir weggehen«, erwiderte Rizpah lächelnd und warf einen Blick zu ihrer Mutter hinüber. »Nicht wenn dein hübscher Onkel als Verwalter hier bleibt. Nein«, sagte sie und steckte sich eine Bohne in den Mund. »Hier bin ich geboren und hier werde ich sterben.«

SCHRIFTROLLE XXVII

»Caesar«, sagte Jonathan und stand von seinem Sofa auf.

»Nein, du brauchst nicht aufzustehen. Bleib sitzen. Ich muss mit dir sprechen.«

Es war am späten Vormittag des Sabbat. Jonathan hatte die Nacht in einem luxuriösen Gästezimmer auf dem Palatin verbracht.

Er setzte sich auf den Rand des Sofas und der Kaiser nahm neben ihm Platz. Einen Augenblick lang betrachteten Jonathan und Kaiser Titus das Gemälde an der gegenüberliegenden Wand. Das Fresko zeigte eine Szene der Rückkehr des Odysseus, als er die Verkleidung eines Bettlers abstreift.

»Ich habe in vielen Schlachten gekämpft«, sagte Titus, »und viele Menschen haben mich mutig genannt. Aber du hast weder Folter noch Tod gescheut, um deine Mutter wieder zu finden, und das war – wirklich beachtlich.«

Jonathan senkte den Blick. »Danke«, sagte er.

»Jonathan. Von deiner Mutter lerne ich so viel.« Der Kaiser blickte auf seine Hände herab, auf seine dicken, beringten Finger. »Sie ist eine sehr kluge und schöne Frau.«

Jonathan hielt den Blick gesenkt.

Der Kaiser streckte seine rechte Hand aus und berührte beinahe das Brandmal auf Jonathans linker Schulter.

»Dass du gebrandmarkt worden bist, tut mir Leid, Jonathan.«

Jonathan sah weg und zuckte mit den Schultern. »Ich gehöre Euch. Ich bin jetzt Caesars Sklave.«

»Nein.« Der Kaiser griff in einen Beutel an seinem Gürtel und holte Jonathans Rubinring und seine Bulla hervor. »Du bist nicht mein Sklave.« Er hielt Jonathan die Gegenstände hin. »Ich entbinde dich von deiner Knechtschaft und gewähre dir nicht nur deine Freiheit, Jonathan, sondern auch die Staatsbürgerschaft.«

Jonathan nahm langsam seinen Ring und seine Bulla entgegen. Römischer Staatsbürger zu werden, war ein wertvolles und begehrtes Geschenk.

»Du bist noch zu jung, um die Staatsbürgerschaft jetzt schon zu erwerben, aber ich werde diese Ehre deinem Vater zuteil werden lassen. Dann wird sie auf deine ganze Familie übertragen. Übrigens ist dein Vater nicht mehr im Gefängnis.«

»Mein Vater war im Gefängnis?«

»Der Magistrat von Ostia hatte ihn zum Verhör mitgenommen. Deine Freunde haben mir das erzählt, und ich habe veranlasst, dass er sofort freigelassen wird. Als römischer Staatsbürger wird er natürlich besondere Privilegien haben. Da dürfte ihm so etwas nie wieder passieren.«

»Danke.«

Der Kaiser zog einen der Ringe von seinem kleinen Finger. »Hier, nimm auch diesen Ring. Falls dich jemand auf das Brandmal auf deiner Schulter anspricht und dich irrtümlich für einen Sklaven hält, dann zeige ihm den Ring. Er beweist, dass du kein Sklave mehr bist, sondern unter meinem Schutz stehst. Und solltest du jemals etwas benötigen, brauchst du nur zum Palatin zu kommen und diesen Ring vorzuzeigen. Dann werde ich dich sofort empfangen.«

Jonathan nickte und blickte den Kaiser an. Er bemerkte seine dichten Wimpern und die Farbe seiner Augen: grün, golden und haselnussbraun. Zum ersten Mal sah er Titus als Menschen und nicht als Kaiser.

»Danke«, sagte Jonathan und nahm den Ring entgegen.

Unter der Weinlaube von Senator Cornix nahm Sisyphus, der griechische Schreiber, die Nachricht von Bulbus entgegen und brach das Wachssiegel auf dem Pergament auf. Es fiel klimpernd wie eine kleine Münze auf den Tisch.

Flavia hob die rote Wachsscheibe auf und betrachtete sie, während Sisyphus die Nachricht überflog. Titus' Siegel zeigte den Eber der zehnten Legion, der Legion, bei der er in Judäa das Kommando gehabt hatte. Darunter standen die Buchstaben IMP TITVS CAES VESP.

»Titus selbst hat die Nachricht geschrieben«, sagte Sisyphus und hob die Augenbrauen. »Er bedankt sich für unsere Treue und Ergebenheit ihm und dem Römischen Reich gegenüber und schreibt, dass es unserem Freund Jonathan gut geht und«, Sisyphus blickte erstaunt auf, »dass Jonathan bereits auf dem Weg nach Ostia ist.«

SCHRIFTROLLE XXVIII

Jonathan lag auf einer Schilfmatte zwischen Flavia und Nubia und blickte in den türkisblauen Himmel, der zwischen dem Geflecht aus Zweigen hindurchschimmerte. Tigris lag zusammengerollt zu seinen Füßen und hechelte. Es war der vorletzte Septembertag. Die drei Freunde waren wieder in Ostia und lagen unter einem Dach aus zusammengebundenen Zweigen in Jonathans Garten.

»Deine Mutter ist also wirklich am Leben«, sagte Flavia leise.

»Ja. Du und Nubia und Lupus, ihr habt ihr das Leben gerettet.«

»Und du auch. Wenn du nicht nach Rom gefahren wärst…«

Jonathan brummte zustimmend.

»Und dein Vater weiß es gar nicht?«, flüsterte Flavia.

»Nein«, antwortete Jonathan. »Er weiß nicht, dass sie am Leben ist. Sie hat mich gebeten, es ihm nicht zu sagen. Noch nicht.«

»Ich hoffe, wir können irgendwann wieder mal nach Rom fahren«, sagte Flavia. »Ich würde sie gern kennen lernen.«

»Ich habe das Gefühl, dass wir wieder hinfahren werden«, erwiderte Jonathan.

Flavia streckte die Hand aus und streifte einen grünen Palmwedel mit den Fingerspitzen. »Wie heißt dieses Ding gleich wieder?«

»Sukka. Das Wort bedeutet Schutz. Die Sukka soll uns an die Zeit erinnern, als das jüdische Volk auf der Suche nach dem Gelobten Land durch die Wüste wanderte.«

»Dann ist das also auch eines eurer Feste.«

»Ja. Wir nennen es das Tabernakelfest. Ein Tabernakel ist ein Zelt oder eine Schutzhütte wie diese.«

»Wofür hängen die Datteln vom Dach?«, fragte Nubia.

Jonathan grinste. »Die sind für dich.«

Nubia setzte sich auf und nahm sich eine Dattel.

»Und heute Abend essen wir hier drin?«, fragte Nubia.

»Ja.« Jonathan setzte sich ebenfalls auf. »Miriam kocht noch einmal meinen Lieblingseintopf. An meinem Geburtstag habe ich nicht viel davon gegessen.«

Auch Flavia richtete sich auf, umklammerte ihre Knie und atmete tief ein. »Hier drin gefällt es mir. Es riecht so gut.«

»Und man kann den Himmel sehen«, sagte Nubia.

»Ja«, erwiderte Jonathan. »Und in der Nacht werdet ihr auch die Sterne sehen können.« Er zupfte ein paar Trauben ab, die über seinem Kopf hingen.

»Du schläfst hier?«, fragte Nubia mit leuchtenden Augen.

Jonathan nickte. »Heute ist Vollmond.«

»Dürfen wir auch hier draußen schlafen?«, fragte Flavia.

»Da muss ich erst Vater fragen, aber ich glaube schon, dass er einverstanden ist. Die Hütte ist groß genug für uns alle.«

»Ihr schlaft alle hier draußen?«

»Natürlich. Acht Nächte lang essen und schlafen wir in der Sukka. Miriam, Vater, Lupus und ich.«

Nubia runzelte die Stirn. »Wo ist der Lupus?«

»Kurz bevor ihr gekommen seid, hat er Besuch bekommen. Von einem Mann in einer grünen Tunika und mit geöltem, zurückgekämmtem Haar. Er sah aus wie einer von Felix' Männern. Sie sind zum Hafen gegangen.«

»He!«, rief Flavia aus. »Vor zwei Wochen hat Lupus uns erzählt, Felix würde etwas für ihn suchen. Vielleicht hat er es gefunden.«

»Und ob er es gefunden hat«, sagte eine Stimme draußen vor der Hütte.

»Was ist es, Vater?«, fragte Jonathan gespannt, während er vor die Hütte trat. Flavia und Nubia folgten ihm. Mordecai war dünn und blass, aber er lächelte. Er hielt ein Tablett mit Pfefferminzteebechern in der Hand und deutete mit seinem bärtigen Kinn in Richtung Hauseingang.

Da sahen sie Lupus in den sonnigen Garten treten, Hand in Hand mit einem kleinen dunkelhaarigen Mädchen.

»Beim Barte des großen Neptun!«, stieß Jonathan hervor. »Das ist ja Clio!«

»Clio!«, kreischte Flavia vor Freude und rannte auf das kleine Mädchen zu, um es zu umarmen. »Und wir hatten schon Angst, du wärst verschüttet worden!«

Clio grinste und schüttelte den Kopf.

»Ihr haben wir es zu verdanken, dass wir alle überlebt haben«, ertönte die Stimme einer Frau. »Sie hat uns überredet, über den abgerutschten Erdwall zu klettern und nach Neapolis zu fliehen.«

»Rectina!«, rief Flavia. »Du bist auch am Leben! Und alle acht Schwestern von Clio ebenfalls.«

Rectina nickte und lächelte. Sie war eine große, elegante Frau mit schönen dunklen Augen.

»Wo sind sie?«, fragte Flavia und wollte ihnen entgegengehen, als sie einen Mann und ein Mädchen im Schatten des Flurs stehen sah. Flavia blieb beinahe das Herz stehen, und sie hörte kaum Rectinas Antwort:

»Mein Mann und Vulkanus und die Mädchen sind in Stabia und helfen den Opfern der Katastrophe.«

Flavia nickte flüchtig und ging an Rectina vorbei. »Hallo, Pulchra«, sagte sie. »Hallo, Patron.«

»Flavia-Schätzchen!«, rief das blonde Mädchen. Sie ging auf Flavia zu und brachte es fertig, sie auf beide Wangen zu küssen, ohne sie zu berühren. Sie blickten sich einen Moment lang in die Augen. Dann fingen beide an zu grinsen und fielen sich in die Arme.

»Jonathan!« Pulchra stieß Flavia zur Seite und eilte in den sonnigen Garten hinaus.

Flavia taumelte und musste lachen, als Pulchra Jonathan stürmisch umarmte. Dann wandte sie sich zu dem Mann um, der im Schatten stand. Er war groß und braun gebrannt, hatte dunkle Augen und war vorzeitig ergraut.

»Hallo, Flavia Gemina«, sagte er. »Geht es dir gut?«

»Sehr gut«, antwortete Flavia und prüfte, ob ihr Haar ordentlich saß.

Publius Pollius Felix trug eine himmelblaue Tunika und einen kurzen grauen Reiseumhang. Er sah noch hübscher aus, als Flavia ihn in Erinnerung hatte. Sie schluckte. »Habt Ihr Clio gefunden? War sie es, wonach Ihr gesucht habt? Für Lupus, meine ich?«

Felix nickte und freute sich über das Wiedersehen der Freunde, die im sonnigen Garten miteinander plauderten, sich umarmten und eifrig auf Wachstafeln schrieben. »Ich habe meine Männer überall hingeschickt, um sie zu suchen. Als ich eines Tages auf dem Weg zu meinem Landgut in Pausilypon einen Abstecher nach Neapolis machte, um dort etwas zu erledigen, hat mir jemand von einer Frau und ihren neun Töchtern erzählt, die dem Vulkanausbruch zu Fuß entkommen waren. Da war mir klar, dass sie es sein mussten.«

»Sie sind den ganzen Weg nach Neapolis zu Fuß gegangen?« Flavia zupfte sich einen Myrtenzweig aus den Haaren und ließ ihn hinter sich auf den Boden fallen.

Felix nickte. »Es sind nur ungefähr vier Meilen. Aber sie haben die richtige Entscheidung getroffen. Als der Vulkanausbruch in vollem Gange war, waren sie bereits in Sicherheit. Jetzt sind sie wieder vereint und unterstützen mich in meinem Bemühen, den Opfern zu helfen. Tascius und Rectina haben zwei weitere Waisenkinder bei sich aufgenommen.«

»Mädchen?«, fragte Flavia.

Felix lächelte. »Richtig.«

»He«, sagte Flavia und blickte sich über die Schulter zu den anderen um. »Wo steckt eigentlich Miriam?«

»Ich habe auch deinen Onkel Gaius mitgebracht«, sagte Felix und drehte sich zum Atrium um. »Ich glaube, Miriam begrüßt ihn gerade.«

»Oh«, sagte Flavia. Und dann: »Oh!«

Felix warf ihr einen amüsierten Blick zu.

»Hallo, Patron.« Jonathan kam auf Felix zu und streckte ihm die Hand entgegen.

»Hallo, Jonathan.« Felix ergriff seine Hand. »Geht es dir gut? Du siehst … älter aus.«

»Ich bin auch älter«, erwiderte Jonathan. »Ich habe vor ein paar Wochen meinen elften Geburtstag gefeiert.«

»Herzlichen Glückwunsch.«

»Patron, ich möchte Euch und Pulchra heute Abend zum Essen unter der Sukka einladen.«

Felix blickte über Jonathans Schulter zu der Schutzhütte aus Palm-, Myrten- und Weidenzweigen hinüber. Nubia stand daneben und machte Clio mit Pulchra bekannt.

»Das könnte interessant werden«, erklärte Felix. »Pulchra und ich nehmen deine Einladung gerne an.«

Jonathan betrachtete zufrieden seine selbst erbaute Sukka. Sie war ihm gut gelungen. In ein paar Tagen würden die Zweige steif und gelb werden und die Früchte würden verdorren, aber jetzt sah die Hütte wunderschön aus. Die Zweige waren grün und biegsam und dufteten. Die Früchte, die vom Dachgeflecht herabhingen, waren reif und saftig. Und es gab Platz genug für alle. Sie saßen auf bestickten Kissen um den achteckigen Tisch herum, nippten an ihrem verdünnten Wein und plauderten, während sie auf die Nachspeise warteten.

Jonathans Schwester Miriam sah sehr schön aus in ihrer weißen Tunika. Immer wenn er sie jetzt anblickte, sah er seine Mutter. Miriam und Gaius sprachen leise miteinander, wie ein Liebespaar, das alles um sich herum vergisst.

Clio trug eine hellorange Tunika und plapperte unaufhörlich auf Lupus ein. Wild gestikulierend und bis ins kleinste Detail, beschrieb sie ihm ihre Flucht vor dem Ausbruch des Vesuvs.

Mordecai und Rectina, beide dunkelblau gekleidet, saßen nebeneinander. Sie diskutierten darüber, welche Salbe bei gereizter Babyhaut am besten half.

Nubia trug ihre hübscheste gelbe Seidentunika und zeigte Aristo ein paar Griffe auf ihrer Kirschholzflöte.

Links neben Jonathan saß Flavia. Sie trug ihre beste hellblaue Tunika und Nubia hatte ihr eine hübsche Frisur gemacht. Eine Haarsträhne hatte sich bereits gelöst, und Flavia wischte sie sich immer wieder aus den Augen, während sie Felix davon erzählte, wie sie und Sisyphus die Tunnel im Goldenen Haus entdeckt hatten.

»Jonathan«, säuselte eine Stimme in sein Ohr. »Stimmt es, dass du den Kaiser vor einem Mordanschlag gerettet hast?«

Er blickte Pulchra an und lächelte.

»Wir alle haben ihn gerettet.«

»Erzähl doch mal!« Sie trug eine rosarote Seidentunika und in ihr blondes Haar waren rosarote Schleifen geflochten. Sie duftete nach Limonenblüte.

»Irgendwann erzähle ich es dir«, sagte Jonathan. »Aber jetzt noch nicht. Ich möchte dir lieber ein Lied vorspielen, das ich geschrieben habe.«

»Du hast ein Instrument gelernt!« Pulchra riss ihre blauen Augen auf und klatschte begeistert in die Hände.

»Sagen wir mal, ich bin dabei.« Jonathan lächelte und holte seine Basslyra hinter seinem Kissen hervor.

»Ein syrisches Barbiton!«, rief Felix hingerissen, und Jonathan erinnerte sich, dass er ein leidenschaftlicher Musiker war. »Woher hast du das?«

»Mein Onkel hat es in Rom gekauft und mir geschenkt«, antwortete Jonathan. »Er hat mir beigebracht, darauf zu spielen, aber bisher kann ich erst ein Lied. Möchtet ihr es hören?«

»Ja!«, riefen alle.

Jonathan rückte das Instrument zurecht und klemmte den glatten, bauchigen Klangkörper zwischen seine nackten Füße. Es fühlte sich an, als wäre es ein Teil von ihm.

»Ich habe das Lied selbst geschrieben«, sagte er und blickte in die Runde. »Es heißt ›Penelopes Webstuhl‹.«

Jonathan schloss die Augen und fand seinen Rhythmus. Der Rhythmus wurde schneller und er begann zu spielen.

FINIS

LETZTE SCHRIFTROLLE

Im Frühjahr des Jahres 70 n. Chr., neuneinhalb Jahre bevor diese Geschichte spielt, wurde die rebellische Stadt Jerusalem von vier römischen Legionen umstellt. Der Befehlshaber war Titus, Sohn des Vespasian, des neuen Kaisers von Rom. Jerusalem hätte der Belagerung über Jahre standhalten können, aber geschwächt durch interne Machtkämpfe, fiel die Stadt innerhalb weniger Monate. Diese paar Monate gehörten zu den schrecklichsten in der Geschichte des jüdischen Volkes. Tausende wurden gekreuzigt, als sie versuchten zu fliehen. Diejenigen, die in der Stadt zurückblieben, litten unter einer schrecklichen Hungersnot. Schließlich wurde der Tempel Gottes zerstört, Jerusalem dem Erdboden gleichgemacht und die Überlebenden wurden getötet oder versklavt.

Titus kehrte im Triumph mit tausenden jüdischer Sklaven nach Rom zurück. Wahrscheinlich wurden viele von ihnen für den Bau von Vespasians neuem Amphitheater eingesetzt. Dieses Monument wurde später unter dem Namen Kolosseum berühmt, in Anlehnung an die kolossale Statue von Nero, die in der Nähe stand.

Nero war ein Jahr vor dem Fall Jerusalems gestorben. Sein stattliches Goldenes Haus überstand nur noch weitere fünfunddreißig Jahre, bevor Trajans Thermen an seiner Stelle erbaut wurden. Niemand weiß genau, wozu es in diesen Jahren gedient hatte. Wenn man heute Rom besucht, kann man einen Teil des Goldenen Hauses besichtigen, zum Beispiel bemalte Wände, einen langen Kryptoportikus, einen achteckigen Pavillon und eine »Zyklopenhöhle«.

Simeon, Susannah und Rizpah sind erfundene Personen. Titus, Domitian, Josephus und Berenice dagegen haben wirklich gelebt. In Geschichtsbüchern könnt ihr mehr über sie erfahren.

ARISTOS SCHRIFTROLLE

Abakus: Spiel- oder Rechenbrett.

Alabastron: kleines Keramikgefäß für Parfüm, das so bearbeitet wird, dass es aussieht, als wäre es aus Alabaster.

Amphitheater: Stadion mit ovalem Grundriss für Gladiatorenspiele, Tierkämpfe und inszenierte Seeschlachten. Das berühmteste Amphitheater ist das Kolosseum in Rom.

Amphore: großer Tonkrug zur Aufbewahrung von Wein, Öl oder Getreide.

Aramäisch: mit dem Hebräischen eng verwandte Sprache, die hauptsächlich von den Juden im ersten Jahrhundert gesprochen wurde.

Atrium: Empfangsraum in größeren römischen Häusern, oftmals mit Dachöffnung und Becken zum Auffangen des Regenwassers.

Balliste: Wurfgeschütz zum Schleudern von Steinen und anderen Wurfgeschossen.

Barbiton: griechische Basslyra. Ob es auch eine »syrische Basslyra« gab, ist nicht bewiesen.

Basilika: römisches Gebäude innerhalb des Forums, in dem das Gericht, Büros und Gefängniszellen untergebracht waren.

Berenice: schöne jüdische Königin aus der Familie des Herodes, die zum Zeitpunkt dieser Geschichte etwa 50 Jahre alt war.

Britannicus: Sohn und Erbe von Kaiser Claudius. Er wurde von Nero vergiftet.

Circus Maximus: lange Rennbahn im Zentrum Roms, in der Nähe des Palatins.

Denarii: mehr als ein Denarius, Silbermünze. Ein Denarius entspricht vier Sesterzen.

Domitian: jüngerer Bruder von Kaiser Titus, der zum Zeitpunkt dieser Gesichte 29 Jahre alt war.

Ecce!: lateinisches Wort mit der Bedeutung »Sieh mal!«, »Seht mal!«.

Fest der Trompeten: das jüdische Neujahr (Rosch ha-Schana), an dem das Schofar, eine Trompete aus Widderhorn, geblasen wird.

Forum: Marktplatz und Verwaltungszentrum in alten römischen Städten.

Fortuna: die römische Göttin des Glücks und des Erfolgs.

Hebräisch: heilige Sprache des Alten Testaments, gesprochen von (religiösen) Juden im ersten Jahrhundert.

Herculaneum: die »Stadt des Herkules« am Fuß des Vesuvs. Sie wurde beim Ausbruch des Vesuvs 79 n. Chr. verschüttet, aber inzwischen teilweise freigelegt.

Iden: normalerweise der 13. Tag eines Monats im römischen Kalender; in den Monaten März, Juli, Oktober und Mai fallen die Iden auf den 15.

Insula: Häuserblock innerhalb einer Stadt; wörtlich: Insel.

Jom Kippur: Versöhnungstag, der wichtigste religiöse Tag im jüdischen Kalender, an dem die Juden vierundzwanzig Stunden fasten, um Gott um Vergebung für die Sünden zu bitten, die sie im Laufe des Jahres begangen haben. Das Fest beendet die zehn Bußtage, die mit dem jüdischen Neujahr beginnen.

Josephus: jüdischer Befehlshaber, der sich Vespasian ergab, Titus' freigelassener Sklave wurde und einen siebenbändigen Bericht über den Aufstand der Juden mit dem Titel *Der jüdische Krieg* schrieb.

Judäa: in der Antike Provinz des Römischen Reiches; das heutige Israel.

Jüdischer Kalender: Der jüdische Kalender richtet sich nach den Mondzyklen im Gegensatz zum römischen (und unserem heutigen) Kalender, der auf den Sonnenzyklen basiert. Die jüdischen Monate beginnen immer am Tag des Neumonds. Deshalb fällt der 14. immer auf den Vollmond. Das neue Jahr beginnt am Abend.

Juno: Königin der römischen Götter und Gattin des Gottes Jupiter.

Kalenden: Die Kalenden bezeichnen im römischen Kalender den ersten Tag eines Monats.

Khol: dunkler Puder zur Schattierung der Lider und zur Umrandung der Augen.

Knöchelspiel: Geschicklichkeitsspiel, bei dem Tierknöchel oder Steine in die Luft geworfen und mit dem Handrücken wieder aufgefangen werden.

Korinth: griechische Hafenstadt mit hohem jüdischem Bevölkerungsanteil.

Kryptoportikus: langer Korridor mit der Bedeutung »Geheimgang«.

Ludi Romani: zweiwöchiges römisches Fest im September, das mit Wagenrennen gefeiert wird.

Messias: hebräisches Wort für Christ; beide Wörter bedeuten der »Gesalbte« oder der »Auserwählte«.

Neapolis: das heutige Neapel; große Stadt in Süditalien in der Nähe des Vesuvs.

Nero: grausamer Kaiser. Er erbaute das Goldene Haus nach dem großen Feuer von Rom im Jahre 64 n. Chr.

Odyssee: Epos des griechischen Dichters Homer über die Abenteuer des Odysseus auf seiner Heimreise.

Odysseus: griechischer Held, der gegen Troja kämpfte; seine Heimreise dauerte zehn Jahre.

Oppian: griechischer Dichter und Philosoph.

Oppian-Hügel: Teil des Esquilin in Rom und Standort von Neros Goldenem Haus.

Ostia: Hafen des alten Rom und Heimatstadt von Flavia Gemina.

Palatin: einer der sieben Hügel Roms; der schönste Hügel mit den meisten Grünflächen; Standort kaiserlicher Paläste (das Wort »Palast« kommt von »Palatin«).

Papyrus: das billigste Beschriftungsmaterial, hergestellt aus ägyptischem Schilf.

Pausilypon: das heutige Posillipo, eine Küstenstadt in der Nähe von Neapel.

Pella: antike Stadt jenseits des Jordan, in der jüdische Jesus-Gläubige (die ersten Christen) während der jüdischen Kriege Zuflucht suchten.

Penelope: treue Gattin des Odysseus, die zwanzig Jahre lang auf seine Rückkehr aus Troja wartete.

Pergola: Laube oder Laubengang aus Pfeilern und Säulen, meist von Schlingpflanzen umrankt.

Peristyl: schattiger Säulengang um einen Garten oder Innenhof.

Plinius (der Ältere): berühmter römischer Autor, der beim Ausbruch des Vesuvs starb.

Pollux: einer der berühmten Zwillinge aus der griechischen Mythologie.

Polyphem: der Zyklop, dem Odysseus das Auge ausstach, um nicht gefressen zu werden.

Pompeji: florierende Küstenstadt, die beim Ausbruch des Vesuvs 79 n. Chr. verschüttet wurde.

Psalterium: jüdische Lyra oder Harfe.

Puteoli: das heutige Pozzuoli, der große Handelshafen des alten Rom am Golf von Neapel.

Sabbat: der jüdische Ruhetag von Freitagabend bis Samstagabend.

Sallust: römischer Geschichtsschreiber.

Sardonyx: Halbedelstein; normalerweise orange oder braun, manchmal mit weißen Adern durchzogen.

Saturnalien: altrömisches Fest zu Ehren des Saturn am 17. September.

Satyr: Fruchtbarkeitsdämon im Gefolge von Dionysos mit Schwanz und Bocksfüßen.

Schofar: Trompete aus dem Horn eines Widders, mit der die jüdischen Festtage angekündigt werden.

Schriftrolle: »Buch« aus Papyrus oder Pergament, das man während des Lesens seitwärts (nicht von oben nach unten) aufrollt.

Sesterzen: mehr als ein Sesterz, Kupfermünze. Vier Sesterzen entsprechen einem Denarius.

Sextus Propertius: römischer Dichter, Zeitgenosse von Virgil und Ovid.

Schalom: hebräisches Wort für »Friede«; auch mit der Bedeutung »hallo« oder »auf Wiedersehen«.

Sica: sichelförmiger Dolch, der von jüdischen Auftragsmördern (Sicarii) im ersten Jahrhundert n. Chr. verwendet wurde.

Siegelring: Ring mit eingraviertem Symbol als persönliches Siegel, der in weiches oder heißes Wachs gedrückt wurde.

Stabia: das heutige Castellammare di Stabia, eine Stadt südlich von Pompeji.

Stilus: eine Art Griffel aus Metall, Holz oder Elfenbein zum Schreiben auf Wachstafeln.

Sukka: aus Zweigen geflochtene Schutzhütte anlässlich des Tabernakelfestes.

Sukkot: anderer Name für Tabernakelfest, eines der großen religiösen Feste des jüdischen Jahres; acht Tage lang essen und schlafen die Juden in Schutzhütten (»Sukkas«).

Surrentum: das heutige Sorrent, eine hübsche Hafenstadt südlich des Vesuvs.

Thora: hebräisches Wort mit der Bedeutung »Gesetz« oder »Anweisung«. Die Thora bezeichnet entweder die ersten fünf Bücher der Bibel oder auch das gesamte Alte Testament.

Titus: neuer römischer Kaiser und Sohn des Vespasian, der zum Zeitpunkt dieser Geschichte 39 Jahre alt war (vollständiger Name: Titus Flavius Vespasianus).

Toga: deckenähnliches Obergewand für Männer und Jungen.

Trigon: Ballspiel, bei dem drei Spieler im Dreieck zueinander stehen und sich einen Ball so schnell und fest wie möglich zuwerfen; wer ihn fallen lässt, hat verloren.

Triklinium: altrömisches Esszimmer, benannt nach den drei Ruhesofas, auf denen sich die Erwachsenen beim Essen ausstreckten.

Tunika: Kleidungsstück, ähnlich einem übergroßen T-Shirt. Jungen und Mädchen trugen manchmal eine langärmelige Tunika.

Vespasian: römischer Kaiser, der drei Monate vor Beginn dieser Geschichte starb; Titus' Vater.

Vesuv: der Vulkan in der Nähe von Neapel, der am 24. August 79 n. Chr. ausbrach.

Wachstafel: rechteckiges, mit Wachs überzogenes Holzbrettchen, das zum Aufzeichnen von Notizen verwendet wurde.

Walker: in der Antike Wäsche- oder Kleidermacher. Zum Bleichen der Wolle wurde menschlicher Urin verwendet.

Zelot: Angehöriger einer von 6 bis 70 n. Chr. bestehenden römerfeindlichen jüdischen Partei, die mit Waffengewalt gegen die römische Herrschaft kämpfte.

Zikade: Insekt, ähnlich einer Grille, das tagsüber zirpt.

Zyklop: mythischer Riese mit einem Auge auf der Stirn.